A DESCOBERTA DO FRIO

OSWALDO DE CAMARGO

A descoberta do frio
Novela

Copyright © 2023 by Oswaldo de Camargo

Grafia atualizada segundo o Acordo Ortográfico da Língua Portuguesa de 1990, que entrou em vigor no Brasil em 2009.

Capa
Alceu Chiesorin Nunes

Imagens de capa e miolo
Kika Carvalho

Preparação
Cristina Yamazaki

Revisão
Carmen T. S. Costa
Luís Eduardo Gonçalves

Os personagens e as situações desta obra são reais apenas no universo da ficção; não se referem a pessoas e fatos concretos, e não emitem opinião sobre eles.

Dados Internacionais de Catalogação na Publicação (CIP)
(Câmara Brasileira do Livro, SP, Brasil)

Camargo, Oswaldo de
A descoberta do frio / Oswaldo de Camargo. — 1ª ed. — São Paulo : Companhia das Letras, 2023.

ISBN 978-85-359-3451-9

1. Ficção brasileira I. Título.

23-150285   CDD-B869.3

Índice para catálogo sistemático:
1. Ficção : Literatura brasileira B869.3
Eliane de Freitas Leite – Bibliotecária – CRB 8/8415

Todos os direitos desta edição reservados à
EDITORA SCHWARCZ S.A.
Rua Bandeira Paulista, 702, cj. 32
04532-002 — São Paulo — SP
Telefone: (11) 3707-3500
www.companhiadasletras.com.br
www.blogdacompanhia.com.br
facebook.com/companhiadasletras
instagram.com/companhiadasletras
twitter.com/cialetras

*À memória de Eunice (Florenice Nascimento de Camargo),
companheira fiel de jornada.*

Meu avô Benedito Quintiliano.

*José Correia Leite, Henrique Cunha,
Jayme Aguiar: três negros históricos pelo seu labor
na Imprensa Negra e pela iluminação exemplar de suas vidas.*

*Também à memória de Adão Ventura, que, após a partida,
continua entre nós, pelo que foi e pelo seu livro* A cor da pele.

Sumário

Prefácio — Clóvis Moura, 9

A DESCOBERTA DO FRIO, 17

Notas, 131

Prefácio*

Clóvis Moura

Indaga-se, há muito tempo, por que no Brasil não há uma literatura negra, a exemplo dos Estados Unidos. E mais: perguntamos por que os escritores mulatos brasileiros, em vez de se integrarem numa ideologia negra, procuraram e procuram *branquear-se*, passar para o outro lado, refletindo isso na temática e no conteúdo das suas obras. Questionar isso sem fazer uma análise mais aprofundada do problema seria cair no academicismo. Não podemos negar, porém, que o colonizador, no Brasil, estabeleceu um sistema classificatório racial que leva a que aqueles que são um pouco mais afastados das suas matrizes africanas procurem destacar esse fato, conseguindo, através de mecanismos sociais muitas vezes inconscientes, mas atuantes, situar-se, cada vez mais abertamente, ao lado do contingente *branco*.

* Texto publicado na primeira edição de *A descoberta do frio*, lançada em 1978 pelas Edições Populares.

Esse ideal de branqueamento levou ao fato de que a maioria dos escritores que poderiam ter dado uma contribuição para se projetar uma literatura negra no Brasil acabou se postando em uma posição oposta. Os negros que fizeram literatura no Brasil, a fim de não se marginalizarem intelectualmente, obedeceram (ou tiveram de) aos padrões estéticos brancos, à temática branca, situando-se em uma posição de dobradiças amortecedoras de uma consciência étnica — e de classe — do negro brasileiro. Um Cruz e Sousa, um Henrique Castriciano, uma Auta de Souza, todos, mais ou menos intensamente, branquearam a sua posição, o seu ideário e a sua mensagem.

Os mulatos, por seu turno, contribuíram menos ainda. Um Olavo Bilac, um Alberto de Oliveira e tantos mais nada trouxeram, como artistas, para a conscientização do negro. O caso extremo desse absenteísmo é, certamente, Machado de Assis, apesar da tentativa de justificá-lo, como fazem os seus defensores profissionais. Duas exceções devem ser destacadas: Castro Alves e Lima Barreto. O primeiro, embora sem uma consciência explícita das suas origens, foi o grande cantor do negro no Brasil; o segundo, assumindo, em nível de consciência étnica, sua posição de mulato e de negro consequentemente, trouxe para a novelística brasileira toda uma problemática apaixonante e que, ao mesmo tempo, denuncia a nossa falsa "democracia racial".

Essas considerações iniciais devem ser destacadas antes de tentarmos fazer a apresentação do livro de Oswaldo de Camargo. Inicialmente devemos dizer que ele é um escritor negro não apenas pela cor, mas, fundamentalmente, pela posição diante dos problemas do Homem e do Mundo.

Como negro, tinha duas opções: seguir os preceitos de uma temática branca ou enveredar pela áspera estrada dos que procuram transformar em obra de arte o seu drama — drama que advém exclusivamente do fato de estarmos em uma sociedade branca. Equivale a dizer: Oswaldo de Camargo, como negro, captou a realidade conflitante que existe (e o atinge) e, a partir daí, começou a decantar a sua criação literária. Vindo da poesia — é um ótimo poeta —, passando pelo conto, o autor entra na novela, procurando, dessa forma, encontrar novas maneiras de expressão para a sua mensagem.

A *descoberta do frio* é um livro desconcertante. Nasce como um simples exercício literário. Sua espiral sobe, envolve o leitor. A dramaticidade com a qual Oswaldo de Camargo trata o seu tema e manipula os seus personagens permite-lhe terminar o livro numa postura de artista que domina a técnica. Disse propositadamente: desconcertante. E explico. Oswaldo de Camargo procura, com muita habilidade, usar de um elemento — o frio — como contraponto dramático e simbólico de toda a obra. Em determinado momento um personagem aparece com frio. Esse frio não é apenas um fenômeno meteorológico, mas um elemento que o autor aproveita para desenvolver o seu recado e articular a sua trama. Um negro com frio. Mas esse frio não vem apenas da atmosfera — outros não o sentem —, e sim de uma situação existencial e social. É um frio centenário. Somente os termômetros do protesto ou da raiva o registram. Um frio que vem como uma peste desconhecida, ao molde de Edgar Allan Poe, que se cola às epidermes, verticaliza-se, vai ao âmago daqueles que o sentem. O uso desse recurso proporciona ao autor articular dramática e esteticamente a novela. O frio passa a se espalhar, à medida que se acredita na sua existência.

Existe à proporção que deixa de ser uma abstração, ou elemento de natureza meteorológica, para se constituir em componente existencial e dramático. O frio *em si* não existe na obra, mas o negro que sente frio: um sentimento social, síndrome de uma doença que vai mutilando, desarticulando a sua temperatura humana, o seu mundo, a sua humanidade maior.

Em determinado momento, porém, a comunidade negra, através dos membros dos seus grupos, começa a sentir a presença do frio. E é então que Oswaldo de Camargo mostra a sua força de ficcionista. Ele desdobra esse contraponto dramático e cria personagens que o sentem. Nessa articulação consegue criar um clima que vai envolvendo o leitor até dominá-lo totalmente.

O padre Antônio Jubileu, quando aparece, joga em cima do leitor uma série de problemas capazes de levá-lo a repensar a situação racial brasileira, sem que, contudo, o autor se utilize de outros recursos que não os da ficção. Queremos insistir neste detalhe: Oswaldo de Camargo, ao fazer emergir um personagem como o padre Jubileu, sabia muito bem os perigos que enfrentaria. Poderia partir para o demagógico e criar um personagem sem cartilagem humana, apenas um esquema que faria um discurso possivelmente muito cheio de conceitos e retórica, porém sem a substância que lhe daria humanidade e substantividade. No entanto, isso não aconteceu. O autor criou um momento no qual o padre Antônio Jubileu aparece respondendo a um programa de perguntas e respostas na televisão. E, através desse recurso, Oswaldo de Camargo lança toda uma situação dramática. As ossadas dos escravos que morreram, em 1746, por haverem fugido da escravidão e se juntado ao sopé dos montes Piracaios aparecem como um elemento dramático, de denúncia, mas, ao mesmo tempo, são um elemento esteticamente reelaborado pelo autor. O fato histórico transforma-se em um adendo ficcional, e não histórico. Embora sendo verídico o episódio, o que Oswaldo de Camargo conseguiu, no entanto, foi reelaborá-lo de tal maneira que ele se insere no contexto sem se constituir em enclave técnico, mas, pelo contrário, fluir como se fosse um elemento normal e, por isso mesmo, aceito sem resistência pelo leitor.

A mesma coisa acontece com o bispo de Maralinga. Quem é ele? Um mito? Personagem que nasceu em uma região que simboliza — porque não existe — a utopia? Essa utopia tão condenada, mas, ao mesmo tempo, tão desejada pelos homens, principalmente os oprimidos? O bispo de Maralinga é outro personagem para o qual chamamos a atenção do leitor. Discute-se o frio, um frio que é reflexo de toda uma problemática social, mas que, ao mesmo tempo, existe, perfura as epidermes porque não é apenas uma síndrome psicológica, mas material, física, faz parte do cotidiano do negro brasileiro. Houve mesmo "sociólogos" que procuraram justificar o desaparecimento do negro no planalto através do frio: é o caso de Alfredo Ellis Júnior. Mas, para nós, o que Oswaldo de Camargo quer nos dizer vai mais além. Vem da posição dolorosamente dramática que é o seu dia a dia, retratada por uma Carolina Maria de

Jesus quando, espelhando a situação da favela na qual vivia, escreveu:

> Eu hoje estou triste. Estou nervosa. Não sei se choro ou se saio correndo sem parar até cair inconsciente. É que hoje amanheceu chovendo. E eu saí para arranjar dinheiro. Passei o dia escrevendo. Sobrou macarrão e eu vou esquentar aos meus meninos.

Ou, em outra passagem:

> Está chovendo. Eu não posso ir catar papel. O dia que chove eu sou mendiga. Já ando mesmo trapuda e suja. Já uso o uniforme dos indigentes. E hoje é sábado. Os favelados são considerados mendigos. Vou aproveitar a deixa. A Vera não vai sair comigo, porque está chovendo.

O frio, a chuva, o desvalor da vida, a posição do negro em uma sociedade que não o reconhece como um homem, porém insiste em dizer que tudo vai bem no melhor dos mundos possíveis e que os narizes foram feitos para o uso dos óculos... Mas o negro não quer mais usar os óculos impostos pelos donos dos narizes. Não quer mais sentir o bafejo das palavras conciliatórias, mansas, capazes de convencê-lo de que devemos dormir em uma rede de plumas, curtir os valores ocidentais e cristãos e repetir: "Sim, senhor, sim, senhor, tudo vai bem!".

Quando Oswaldo de Camargo coloca como elemento metafórico o frio, faz com que os negros o sintam e os *brancos* discretamente o neguem. Ele assume — como negro e como escritor — uma posição de denúncia e, ao mesmo tempo, de reelaboração estética de um conflito social, político, cultural e étnico. O frio — que é sentido, denunciado por Zé Antunes e que, ao mesmo tempo, é negado, escondido e indesejado (mesmo por negros) — não é apenas, voltamos a insistir, um ingrediente dramático, com o qual Oswaldo de Camargo trabalhou o seu livro. Não. Ele vem de muito mais longe e se incorpora como um refrão histórico, como um grito de cobrança de todos aqueles que o sentiram e que, no momento atual, procuram receber uma dívida de quase quinhentos anos.

Por isso, quando dissemos inicialmente que, ao se questionar por que não há uma literatura negra no Brasil, o problema não devia ser visto academicamente, é porque, à medida que o negro toma consciência social, cultural e étnica, essa consciência, durante tanto tempo escondida ou negada, virá à tona. E se afirmará em um movimento negro, com artistas, poetas, escritores e historiadores que, de uma forma ou de outra, cobrarão essa grande dívida da sociedade brasileira para com o seu grande injustiçado.

Oswaldo de Camargo tem, não digo o privilégio, mas a oportunidade excepcional de abrir uma picada nova na nossa novelística, colocando em primeiro plano os problemas sociais e existenciais do negro brasileiro. E não é por acaso que este livro surge agora, com tanta força de expressão. Pelo contrário. Ele vem como corolário de todo um movimento de lutas que está se cristalizando atualmente e que adquire dimensão e estatura maiores, ocupa espaços sociais até então interditos e elabora uma ideologia através da qual o negro se organizará e criará uma práxis.

Essa literatura, especialmente no ramo da ficção, poderá dar ao negro brasileiro uma visão da sua situação na atual estrutura social, dinamizá-lo para que se descongele ideologicamente e, ao mesmo tempo, crie uma ótica social, cultural e étnica capaz de recompô-lo como ser e exigir o lugar a que tem direito na sociedade brasileira.

Mas o livro de Oswaldo de Camargo leva-nos a outros níveis de reflexão. Com ele, podemos repensar o passado do negro no que diz respeito à sua contribuição como criador de literatura brasileira. E, ao repensar o assunto, devemos começar com um parâmetro a ser seriamente analisado: até quando ele ficará como elemento não diremos passivo, mas subsidiário da cultura brasileira, e a partir de quando passará a exercer papel relevante e decisório na elaboração do éthos da nossa cultura?

Tudo isso está sendo questionado não apenas porque um escritor negro escreveu mais um livro. Está sendo questionado porque é um problema que está despertando grandes camadas — as mais significativas da população — para que reflitam criticamente sobre o assunto, pois somente assim poderemos criar uma cultura que expresse não apenas os valores de uma camada *branca* dominante e opressora, mas os valores das grandes camadas e segmentos de negros, mulatos e pardos — oprimidos.

É o frio, irmãozinhos, é o frio!

Provo a quem quiser a existência do frio!

Ninguém sabia donde viera o frio.
Para uns, ele já se havia instalado, desde muitíssimo tempo, no país e engordara, sem que as autoridades percebessem. Achavam outros que elas não viam razão para deter o frio de que alguns negros se queixavam, vez ou outra, em páginas de jornais ou em depoimentos aos estudiosos que pesquisavam os efeitos do friíssimo bafo.
Existia o frio?
Muitos duvidavam; outros queriam provas. No geral, contudo, a maioria se mostrava indiferente ante essa pergunta. O frio, se existente, teria, quando muito, a importância da sarna que se pega nos bancos da escola primária. Coça um bocado, sim, mas não mata.
Por isso, quando Zé Antunes apareceu na cidade, afir-

mando que no país soprava um frio que só os negros sentiam, e que, tinha certeza, tal frialdade, com seu gélido sopro, já fizera desaparecer um incalculável número deles, quase todos os que souberam de tal descoberta riram muito com a notícia e do seu divulgador.

Zé Antunes, porém, não recuou, mas respondeu, num desafio:

— Provo a quem quiser a existência do frio!

Zé Antunes teria uns vinte e três anos quando começou a bradar a presença do frio. Um negro magro, alto, pixaim embaraçado por onde nunca andava pente. Um jovem solitário, de pais desconhecidos, que de repente apareceu na cidade, apresentando-se nas entidades negras, nos bares mais frequentados por afro-brasileiros, em suas reuniões de rua às noites de sextas-feiras.

Tal afirmação, no entanto, só começou a perturbar quando ele a levou ao Malungo, o barzinho afro dos menos endinheirados. Muitos se sentavam junto do Zé Antunes para ouvi-lo falar do frio, da "ameaça", como alguns passaram a chamar o velho sopro que ninguém sabia de onde tinha chegado.

— Já fez sumir muita gente — insistia —, continua fazendo.

No bar e restaurante Toca das Ocaias, porém, preferência dos que se achavam em melhor situação financeira, Zé Antunes raramente entrava, pois ao tentar pela primeira vez tocar no assunto, diante de um grupo que ouvia o poeta Batista Jordão, intelectual de prestígio na coletividade, a maioria dos presentes não o levou a sério. Disseram, sem dó, que o anunciador do frio, de escassas leituras, desembarcara recentemente d'*O navio negreiro* do Castro Alves, carregando no lombo um baú cheio de estranhas e absurdas conclusões.

Batista Jordão, o comentado autor de *Várzea da mansidão*, pelo menos, não se rira do Zé Antunes. Pediu que prosseguisse falando a respeito do frio, mas Zé Antunes, magoado, recusou o convite do poeta.

Todos sabiam que Jordão, publicitário, mulato de olhos grandes, unhas manicuradas, era o amante, tímido, de Ana Rosália, a dona e responsável pelo barzinho afro, cujos frequentadores, vindo no geral da periferia, por lá demoravam algumas horas. Abasteciam-se ali com as novidades, pegavam panfletos da raça quando houvesse ou tão só se aqueciam com o sentimento de que finalmente um "rumor negro" estava agitando a mesmice da cidade.

Ana Rosália era bonita, chegava, sem desgaste, aos quarenta anos, tinha um filho de treze, de um marido desaparecido no mundo quatro meses após o nascimento da criança. Sozinha, pôs-se a enfrentar da maneira mais prática a nova situação: fez-se quituteira.

Juntou-se, depois, a duas primas chegadas do interior, abriu uma pensão; mais tarde, com a venda da pensão, comprou o Recanto do Bem-te-vi, que, por sugestão de Laudino da Silva, seu primo universitário, passou a ser chamado Malungo.

Quando Zé Antunes começou a denunciar o frio, houve apenas perplexidade. Que frio? Que evidência havia de tal absurdo? Doidice! O negro delira!

Alguns da Toca das Ocaias foram duros, ou mesmo

cruéis, na avaliação da anunciada descoberta, envolvendo o frio com o mais prazeroso hábito do Zé Antunes:

— O frio de que ele tanto fala, ao contrário, deve ter vindo do bafo de conhaque, de que, convenhamos, Zé Antunes anda abusando.

Noticiou-se, porém, um caso concreto da glacial "ameaça". Difícil de aceitar, mas afirmaram ter visto.

Se o crioulinho Josué Estêvão montou tal cena, era gênio, pois impossível sofrer tanto, apenas para se mostrar, sem cachê, sem nada.

Coruca, Batista e Romário, uns garotos ginasianos, haviam marcado encontro com Laudino na praça Lundaré, perto do Bar Malungo. Algumas entidades negras, após discussões, apresentação de dezenas de projetos e, por fim, uma demorada angariação de fundos, tinham feito erguer na Lundaré uma estátua de Zumbi dos Palmares. Foi difícil deixá-la ali, mas, conseguida a permissão da prefeitura, o pessoal se reunia, à noitinha, para dizer poemas afros, mostrar textos novos inspirados pela Afro-brasilitude ou, como preferia Laudino, Africanitude:

— Os pés nessa miséria, o coração com a Mãe África! Quem ainda nos dá forças? Houve falência e liquidação. Se o coração, sem que soubéssemos, não pulsasse distante, na tribo, ai de nós!

Reunidos em torno das ideias de Afro-brasilitude ou Africanitude, alguns jovens, então, formaram um grupo: o Grupo Malungo. Coruca iniciava seus escritos e queria mostrá-los a Laudino. Batista e Romário, fascinados pelo ruído em volta de algo a que jamais haviam assistido e que jamais poderiam imaginar em sua vida na periferia, chegavam para conhecer os intelectuais do recém-fundado movimento literário negro, de que jornais e revistas andavam falando.

Seriam umas dezenove horas e a cidade, desesperada, voltava para casa. Carros demais, rispidez, ônibus lotados, táxis impossíveis; a cidade ficava histérica no anoitecer das sextas-feiras.

Laudino da Silva, sem dúvida, dominava o Grupo Malungo. Lera africanos de língua portuguesa: Agostinho Neto, Arlindo Barbeitos, Luandino Vieira; lera, no original, alguns franceses; teorizava:

— Se me pedirem um modelo para que se escreva algo válido para a Afro-brasilitude, eu recomendarei que se parta desta frase de Tutuola, no romance *O bebedor de vinho de palmeira*: "A dança dançou". Poesia existe quando a palavra flutua; nós a soltamos no papel, ela foi soprada pelo Mistério, de longe, e volta para lá, porque outro é o seu reino. Pensem e vejam o antidiscurso: "E a dança dançou"... Leiam Tutuola!

Seriam, pois, umas sete da noite quando Josué Estêvão, boy de um dos bancos da cidade, começou a atravessar a rua, rumo à Lundaré. Combinara encontro com Coruca, o seu melhor amigo, e não se atrasara mais que alguns minutos. Da rua ao local onde se reunia o Grupo Malungo seriam uns setenta metros. Perto de quinze pessoas já conversavam os assuntos de sempre: o último poema, a droga da vida, que será da África, para onde estamos indo, irmãos?

Estava lá uma garota, Mel Bolamba, dezoito anos, se tanto, que anunciara uma revolução estética, o que se desejava comprovar.

Nascida Júlia Antonieta Aguiar, parda, no registro, após alguns meses nos Estados Unidos, onde assistira a um curso sobre negritude coordenado por ex-alunos do professor Janheinz Jahn, aproximou-se de alguns universitários frequentadores da Toca das Ocaias, que se maravilharam com seu talento para a declamação e a escrita.

No Malungo, acreditava-se que, mesmo com o comentado curso nos Estados Unidos, dificilmente Mel chegaria aos conhecimentos teóricos de Laudino, mas a jovem — insinuou-se que certamente instigada por alguém ocultado entre os "Evoluídos" — pretendia anunciar que Nikki Giovanni publicara na revista *Ebony* poemas superiores, de longe, aos que Laudino mostrava na pracinha como modelo de Afro-brasilitude. Ali, reduto malunguino, mas franqueado a todos os que dele se aproximassem, iria analisar parte dos versos de Nikki, cotejando com os de Laudino.

— Mas Nikki Giovanni é americana — lembrou-lhe Euzébio Barbosa, artista plástico presente no Grupo desde o seu início. — Portanto, se a poesia de Laudino é de Afro--brasilitude...

— Poesia não tem fronteiras... Olha, que é aquilo?

E voltaram-se todos para Josué Estêvão.

Aproximava-se do bando, batendo os queixos, um ruído seco que se ouvia à distância de metros. Retalhos de flanela enrolavam-lhe as mãos, a cabeça achava-se coberta com três gorros grosseiros de lã amarela, porém, o mais extraordinário: saíam-lhe dos tênis várias tiras de couro de gato, imitando canos de botas. Subiam até a barriga das pernas de Josué. Magro, desajeitado, avançava com dificuldade, a cabeça pendida. Algo absurdo, algo inimaginável sob o calor de setembro. Via-se, grudada ao rosto, brutal, a vergonha de se achar em tão esquisito molestamento.

E, de fato, alguém gritou, já de longe, como farejando a gravidade do ocorrido:

— O neguinho está perdido! Isso é mais que gripe; é Sibéria...

Nesse instante, o idealizador do Grupo Malungo expunha aos companheiros o primeiro verso do seu poema "Eles Verão!".

O despropósito das vestes, o treque-treque dos dentes, toda a figura de Josué inutilizaram o verso, e Laudino, saído aos poucos da estupefação, pôs-se a mirar atentamente o friorento.

Os garotos ginasianos aproximaram-se, temerosos. E Josué chegou: nos olhos, mais do que no frio, havia algo muito, muitíssimo estranho.

Laudino dobrou o papel com o poema que começara a ler. E, a voz rouca, aos berros, anunciou o impossível, a quase lenda, o fato suprainsólito que arrastaria a comunidade à beira da treva:

— É o frio! É o frio, irmãozinhos, é o frio!

E, desalentado, fitando as pálpebras desmaiadas do Josué:

— Que aconteceu, malunguinho?

Mas o menino não falava. Só tremia, encapotado pela frialdade.

Laudino abraçou-o, pegou-lhe o queixo, virou-se para os circunstantes:

— O garoto está passando mal. É uma pedra de gelo!

25

— Como começou, malunguinho? — perguntou Mel Bolamba.

Josué Estêvão, porém, não conseguia responder. Via-se a boca, inundada de desespero, tentar pronunciar algo, mas o treque-treque dos dentes e o bater seco dos queixos anulavam as palavras, liquidavam-nas nos lábios trancados para qualquer explicação.

— É o frio! — gritou de novo Laudino.

Juntou, rápido, os presentes.

E, tendo-os à sua volta e à do friorento:

— Zé Antunes... onde está Zé Antunes? Vão procurar Zé Antunes; digam que tem aqui um neguinho andando muito esquisito; confirmem com ele se pode ser o frio. Vá você, Coruca. Dá aqui seu texto; vou lê-lo com amor, garoto!

Saíram, então, Coruca, Romário e Batista à procura do Zé Antunes.

A noite abrira sobre a cidade sua saia velha e empretecida. Poucas luzes na praça Lundaré, junto à estátua de Zumbi. Na semiescuridão, vagava a inquietação. Alguns, sabedores das afirmações do Zé Antunes, carregavam muito medo no rosto. Olhavam o friorento à distância. Outros ousaram dizer que o Josué, boy sem ter onde cair morto, devia era estar procurando notoriedade. Muito esperto, montara a cena. Laudino devia saber de tudo, pois era inseparável do Zé Antunes.

— O garoto exagerou nas precauções contra a gripe. Bom ator, o filho da mãe; está enganando meio mundo!

Mas Josué, amparado por Laudino, Aristides Sousa e Carol, dois amigos e admiradores do teórico da Afro-brasilitude, já se distanciava da pracinha. Submetido a tremores infindáveis. Nos olhos, com as lágrimas, um desespero impossível de se imaginar.

Com ele — Carol ajeitando a todo o instante o terceiro gorro, estreito demais, que ameaçava soltar-se da cabeça do garoto —, os três lentamente se afastaram. E logo desapareceram na rua de onde o friorento havia chegado para alcançar a praça Lundaré.

— É o frio! — repetia baixo, agora, Laudino. — É o frio!

Estranheza I

À cidade não interessava aproximar-se e ver sobressaltos iguais ao que, em noite pejada de susto, saltara no meio de um grupo de negros reunidos na praça Lundaré.

À cidade, que dali algumas horas se agasalharia para dormir, não interessava aproximar-se e ver o que estava acontecendo na praça Lundaré.

Sabia, no entanto, que à beira dos edifícios, solitárias sobre a dureza das ruas, encostando-se, ao anoitecer, às paredes de residências dos seus melhores bairros, podiam, vez ou outra, aparecer "estranhezas", como o vulto cinzento do desamparo ou o contorno de alguma voz desde muito esganada.

À cidade — por convicção petrificada havia tempo em seus anais — não interessava aproximar-se e ver sobressaltos iguais ao que, em noite pejada de susto, saltara no meio de um grupo de negros reunidos na praça Lundaré.

A teoria do Zé Antunes

A primeira coisa que o sofredor faz é se esconder, sumir [...].
Parece que a vergonha de si mesmo é um dos sintomas.

Levar depressa Josué ao médico. A única solução. Enquanto caminhavam na calçada, a indagação "que que é aquilo, gente?!" fez-se ouvir por várias vezes, e gostosas risadas riscaram o ar tépido naquele trecho semiescuro da Lundaré, que aos poucos se tornava deserta:
— Virgem, se isso é gripe, o crioulinho está demais danado!
Uma loirinha gorducha, mascando chicletes, os braços trajados de pulseiras, e que acompanhara a retirada de Josué da pracinha até a esquina próxima, falou, chegando-se a Laudino:
— Esse cara está exagerando!
Com o gesto de apontar o "crioulinho demais dana-

do", a penca de braceletes ruidou alegremente diante do rosto de Josué.

Um senhor baixote, chapéu, voz redonda e tranquila, tentou comentar o caso, no momento em que os acompanhantes do friorento procuravam parar um táxi:

— Malária. O jovem esteve por acaso no interior, de férias? Sucede às vezes que nas férias...

— O cara é um duro, meu senhor. Como férias no interior? O senhor está vendo aqui um neguinho gelado. Isso é coisa de dentro. Meu senhor, guarde isso na sua memória: isto é o frio! Coisa de dentro! Banzo, sei lá!

— Banzo não era assim — atenuou Carol.

— Táxi!

O táxi parou. O caso, no momento, era saber aonde levar Josué.

— Já dá pra falar alguma coisa? — perguntou Carol, ajeitando-lhe com carinho os gorros no topo da cabeça.

Mas só os olhos úmidos, de cachorro humilhado, conseguiram responder. Desgraça demais, tamanho show de tremeção sem controle, sem poder falar como começou, o que se passa, por que tanta água nos olhos!

Na teoria do Zé Antunes — isso em afirmação a um pequeno grupo que se reunira na Lundaré, no 20 de novembro anterior, para lembrar a morte heroica de Zumbi —, existiam sim os casos de frio. E, na opinião dele, em número inimaginável.

Quando lhe perguntaram por quê, então, não eram vistos, respondeu:

— A primeira coisa que o sofredor faz é se esconder, sumir. O cara vira piolho, sente-se desprezado, muito além do natural. Parece que a vergonha de si mesmo é um dos sintomas. A partir daí é capaz de largar os amigos, largar o emprego, esquecer-se de sua própria alma. O cara se olha como se andasse cagado na rua.

— Sim, mas não é nada típico do negro — cortou uma estudante de psicologia, Geralda Ozório, que andava fazendo pesquisa entre o Grupo.

Se levarmos em conta que quinze por cento da população mundial, aproximadamente, sofre de sintomas depressivos, isso significa que trezentos e cinquenta milhões de pessoas apresentam depressão clinicamente identificável, de acordo com diversos fatores, entre os quais a classe social, o tipo de vida e o ambiente.

Isso de se sentir desprezado, muito além do que se considera normal, nada caracteriza. Um neurótico, não importa se branco ou preto, no geral despreza o próprio valor, mesmo que o tenha elevado e reconhecido por outros. A rigidez (notem!) representa uma defesa neurótica, tornando o sofredor medroso, inseguro, indeciso.

Sabem de uma coisa? Há ocasiões em que qualquer um, branco ou preto, tem vontade de pegar a si mesmo entre o polegar e o indicador e jogar-se fora.

— Negro não vai a consultório de psicanalista! — gritou Gilbertinho, novato no Grupo. — Os caras não sabem da gente! Negro, geralmente, nem fica em hospício! Pra quê? A senhora é capaz que tenha alguma vez destroncado o braço, o pescoço; mas já lhe amputaram a alma, dona Geralda? Pra mim, negro tem a alma amputada, não tem chão, caiu do corpo da África, danou-se!

33

Quinze por cento da população mundial! Nesses quinze por cento talvez entre o pessoal da *Ebony*! E nós, dona Geralda, e nós?

Atravessaram alguns quarteirões, sem saber aonde levar Josué. O chofer mantinha-se quieto, dirigindo rumo ao Centro. Passaram em frente da prefeitura, a seguir, da catedral, construção antiga, dedicada a Nossa Senhora da Escuridão. Carol se benzeu; após segurou, firme, a mão do malunguinho.

Já haviam rodado perto de uns cinco minutos, quando o chofer perguntou se estavam para conhecer a cidade ou se iam mesmo para algum lugar determinado.

— Fala, Laudino — pediu Carol —, você é o chefe!

— Estou pensando. Não pode ser qualquer médico. Dinheiro, alguém tem dinheiro?

— Eu tenho — falou Carol.

— Então, então — entrou Aristides —, conheço um bom médico. É meu amigo. Chama-se Lucas Epaminondas.

— Qual é o endereço dele? — perguntou Carol.

— Rua Juruti, 105.

— Chofer, faz favor!

O carro logo apontou rumo à avenida das Arcadas. Alguns minutos e estariam na rua Juruti.

Josué parecia dormir, encostado no ombro de Laudino. Carol segurava a mão direita do garoto, envolvida em retalhos de flanela cinza, donde despontavam, como uns gravetos pretos, os magríssimos dedos frios.

— É o frio! — murmurava para si mesmo Laudino. — É o frio!

E seguiram, mão no ombro do friorento.

Solidão

A confusão medrava entre a raça, perturbando sobretudo os que, após cursarem a faculdade, queriam afastar de si a cultura ocidental, coada no coador do branco.

Zé Antunes, à espera de Laudino, resolveu aguardar na Toca das Ocaias.

Muito solitário naquela noite, apegava-se à possibilidade de que aparecesse lá o Batista Jordão. Emocionou-se com a atitude do poeta, quando, havia poucos meses, vendo-o ridicularizado por motivo do anúncio da presença do frio, se erguera em sua defesa, ali mesmo, junto às mesinhas cromadas e cadeiras com design encomendado a Richmond Barthé, disputado expert em arte africana contemporânea.

Zé Antunes raramente aparecia na Toca, bar mais bem instalado que o Malungo, mais central, e que reunia, ao redor de suas mesas e nos balcões, frequentadores em tudo diferentes dos do antigo Recanto do Bem-te-vi.

A Toca das Ocaias se tornara o ambiente chique do jovem negro intelectualizado e sem demais aperturas econômicas. Havia entre eles alguns estudantes de letras, uns quatro formados em sociologia, duas psicólogas; os demais, jovens que queriam firmar-se por meio não só de um bom emprego, mas atuando também no meio da coletividade afra, não desdenhando o chamado do sangue.

Batista Jordão, Laudino da Silva...

O que se chamava "sujeira" de Batista Jordão era situar-se, ambíguo, nos dois bares: na Toca das Ocaias, dissecando versos de Mallarmé, Cruz e Sousa, sobretudo os dos *Broquéis* e, por outro lado, sua presença constante no Malungo, onde o pessoal queria ouvir as verdades que o povão negro pudesse entender.

Tornar-se amante de Ana Rosália fora talvez a má sorte de Batista Jordão, pois Ana, sabendo que as garotas o achavam bonito, para mostrar como soubera disputá-lo com tantas mulheres, teimava em introduzi-lo nas reuniões realizadas, geralmente às sextas, nos fundos do mais popular bar da coletividade.

É possível que Batista Jordão tivesse de fato algo a dizer, mas, desde que, imprudentemente, soltara no meio de uma turma reunida no Malungo o verso de Mallarmé *"La chair est triste, hélas! et j'ai lu tous les livres"*,[1] sucumbiu sob o ridículo.

No Malungo, portanto, viam-no muito mal. Um brancoide, um negro estonteado, por isso inútil. Que lesse Mallarmé, os *Calligrammes* de Apollinaire e penetrasse na "essência indecifrável" de Jean Cocteau, Eliot, vá lá. Mas levar isso ao Malungo? Batista Jordão, o poeta negro sem chão negro, sem território afro, sem nada!

Jéssica Marilu, assistente social que ao anoitecer costumava passar pela Toca das Ocaias, foi certa vez ao apartamento dele. Quase chorou ao ver de perto como o autor de *Várzea da solidão* era mesmo um sujeito solitário. Aquilo de Mallarmé, Eliot, puro desespero do cara. O cara, se fosse "negão", seria feliz.

Mas — contava Marilu — sua coleção de livros afros crescia, ligava-se aos pintores negros primitivos, reconhecia que as ideias de Afro-brasilitude do seu adversário, mas irmão, Laudino da Silva, o perturbavam. No entanto... sou um castrado — teria falado a Marilu. Um que não consegue entrar nessa, e devia.

Quem foi meu pai? Meu pai trabalhou na roça, apanhou café, foi povo, povo mesmo! E minha mãe? Lavadeira, ama de leite da família Leme, lá onde nasci.

A confusão, como diziam os velhos do Movimento Participação Negra, medrava em meio à raça, perturbando sobretudo os que, após cursarem a faculdade, queriam afastar de si a cultura ocidental coada no coador do branco.

Exato: Batista Jordão, sem dúvida, um caso extremo. Boa biblioteca, discorria sobre música barroca, explicava, sem se atrapalhar, a diferença entre o melodismo de Bach e o de Haendel, "ambos alemães, ambos nascidos no mesmo século, ano 1685".

Comentava-se, daí, que Batista Jordão sabia o que sabia, mas boa parte de sua sapiência se apresentava sem proveito para a coletividade. E — ainda Marilu falando —

sentia-se excluído, um negro que gostaria tanto de ser negro!

Jéssica Marilu apaixonou-se pelo poeta. Esfriou logo, porém, por não ter entendido o sentido exato de sua expressão: "Sou um castrado!", mas o ímpeto de Marilu foi agarrá-lo, premer-se contra ele, dizer: "Tadinho!". E dar-lhe uma memorável dose de mulherice, o que talvez lhe faltasse como primeiro passo para ser "negão".

Batista Jordão, que citava Cruz e Sousa de cor, dos *Broquéis* aos *Últimos sonetos*, que via em Solano Trindade[2] um dos que se detiveram ante o dilaceramento interior, "único caminho para o poeta negro de sua época", e seguiu na via de ser tão só o cantor do povo. "Diminuiu-se, por isso, abafou o grito."

Contra a fragilidade de Batista Jordão erguiam-se a vida, as teses e os poemas de Laudino da Silva. E o Grupo Malungo, por ele chefiado.

As palavras de Laudino pesavam sobre o coração dos jovens que se aproximavam dele para escutá-las.

Terminaria o curso de letras naquele ano, bem moço ainda, pois estava nos seus vinte e cinco anos.

De profissão, era bancário, mas vinha fazendo testes nas redações de vários jornais, onde propunha espaço para noticiar sobre a comunidade negra, a respeito da qual — queixava-se — não se editava sequer uma vírgula.

E se, como havia um decênio, aparecessem ocasião e clima para a volta das publicações alternativas da coletividade, ele iniciaria a *Palavra Negra*, periódico que gostaria de ver lido como porta-voz do Grupo Malungo.

No entanto, a expressão escrita da coletividade desaparecera. Da quase dezena de publicações da década anterior tinham sobrado duas páginas mimeografadas, *Árvore da Palavra*,[3] representando toda a Imprensa Negra.[4]

Laudino da Silva teria seu jornal, sem dúvida.

Por isso, quando Coruca, Romário e Batista descobriram Zé Antunes bebendo na Toca, logo anunciaram:

— O frio, Zé! Um caso para os jornais do Laudino! Laudino mandou a gente correndo! Josué, lá na pracinha, perto da estátua do Zumbi!

— Josué?

— Sim, o carinha que é boy de banco. Pô, você viu ele na Lundaré, no ano passado, e achou o carinha diferente, lembra? Você falou: esse garoto está sofrendo... Não se lembra?

— Josué Estêvão — frisou Coruca —, um cara magrinho.

Zé Antunes bateu a palma na testa, enervou-se:

— E onde está o garoto?

— Laudino, Aristides e Carol devem ter levado o carinha ao médico. Viemos avisar que apareceu um caso de frio.

— Não se sabe.

Zé Antunes pagou as cervejas, saiu irritado.

— Mas, a que médico levaram o garoto? Eles não falaram?

— Não, Zé. Laudino mandou a gente dizer somente isto: "Zé, apareceu um caso de frio!".

Zé Antunes parou na calçada, pensando: "Primeiro, ver Josué. Sem isso, nada possível. Segundo, anunciar o frio".

Pediu aos três que localizassem Josué. Ele aguardaria na Toca. Qualquer notícia, era ali mesmo.

— Quer dizer que vamos provar a existência do frio?
— De qualquer jeito, vamos!

Parecia a Zé Antunes que parte de sua verdade poderia estar, estranhamente, na Toca das Ocaias. Por isso voltou, sentou-se, pediu conhaque. Abriu a caderneta de anotações, endereços, frases colhidas nas ruas, nos bares e que ali registrara.

Zé Antunes esperou até as onze da noite. Não apareceu o Batista Jordão, não apareceu frequentador algum com quem gostaria de conversar. Doía-lhe a solidão. E foi sobremaneira apreensivo que saiu da Toca.

Onde estaria o Josué? Talvez, após medicado, tivessem levado o garoto para casa, no bairro da Baixada. Como saber?

Por isso, Zé Antunes nada pôde decidir naquela noite. Mas, dentro dele cravou-se, fundíssima, a certeza de que o primeiro bafo visível do frio estava visitando a cidade.

Um nome, doutor, para essa miséria!

Doutor! Precisamos de uma coisa: um nome para esse frio que está pegando os negros, os crioulos, os malunguinhos, como esse aí.

Seriam perto das oito da noite quando Laudino, Carol, Aristides e Josué desceram do táxi e pararam na rua Juruti, 105.

Encontrar dr. Lucas àquela hora fora, de fato, mais do que sorte, pois desde algum tempo se impusera o horário de saída às dezenove e quinze, todas as sextas-feiras.

Nunca pensara no motivo dessa decisão, mas esse era o seu horário, às sextas-feiras: dezenove e quinze, desde alguns meses. Desta vez, no entanto, largara-se no consultório, esquecido, preso a um livrinho de cento e vinte páginas. E lá estava a ler o romance erótico *As primas da Coronela*, da

Viscondessa de Coeur-Brûlant, que um cliente lhe havia emprestado.

Tocaram a campainha. Dr. Lucas, observando pelo olho mágico, reconheceu Aristides; abriu:

— Entre!

Aristides o conhecia dos tempos em que lhe levava amostras de remédios, quando ainda trabalhava para os Laboratórios Farmatonix.

Havia talvez até alguma intimidade entre os dois, um segredo: Aristides descobrira que o doutor tinha se encontrado, várias vezes, com sua prima, Ceci Rocha, mulatinha magra e sem apetite que necessitara — conclusão dele — de cuidados médicos.

— A esta hora, Aristides?! Mais uns minutos e não me pegavam.

— Doutor — iniciou Aristides —, estes são Laudino, Carol. Aqui, Josué. Já viu isso, doutor?

Os tremores prosseguiam. O primeiro ímpeto do dr. Lucas foi rir-se às gargalhadas do grotesco das roupas de Josué, das peles de gato enfaixando-lhe as pernas, mas se conteve e pediu aos três que se sentassem.

— Este malunguinho é um companheirinho nosso — falou Laudino. — Marcou encontro com outro garoto, o Coruca, na praça Lundaré, lá pelas dezenove horas. Foi, e apareceu assim: gelado, com o guarda-roupa no corpo, batendo os queixos desde aquela hora. Mas ele chora o tempo todo, doutor, ele está gelado! Que será isso, doutor?

— Como é, garoto, como começou tudo isso? — perguntou dr. Lucas. E, já mostrando simpatia por Josué, pôs-lhe a mão no ombro, detendo-a ali por alguns instantes.

— Ele não fala — explicou Carol —, é sempre esse treque-treque nos dentes. Ele não fala, e é isso que desespera a gente.

Dr. Lucas, após breve hesitação, entreabriu, para exame, as pálpebras do friorento:

— Hum! Diria que está tudo bem. Mas ele treme. Estranho... vocês não têm ideia de como começou?

— Doutor — falou Laudino —, as doenças de negro no Brasil já foram examinadas, e muito bem, pelo médico Octávio de Freitas. Li o livro dele. Lá se fala em ainhum, suifa, subiá, dracúnculo, um batalhão de moléstias. Mas isto aqui, doutor — e Laudino, mão sobre os gorros de Josué, proferiu, decisivo —, isto aqui é o frio!

Enquanto vínhamos até o doutor, de táxi, apoiei o garoto contra meu peito. Assustou-me. Doutor, eu juro; eu ouvi uma ventania medonha zunindo na alma dele!

Silenciou. Dr. Lucas escutava, espantado. Relanceou os olhos sobre *As primas da Coronela*.

— Sim, doença estranha; existem em grande número. Aqui, o garoto está gelado, extraordinariamente gelado. Fora isso...

Deteve-se pensativo, ante os três:

— Muito estranho mesmo...

Falou a Aristides:

— Quero exame de sangue e urina dele. O menino, por acaso, já anda bebendo?

— Bem, às vezes a gente...

— Nada, então, de álcool. E sexo...

Observou Josué, tocando-lhe o rosto, como intencionando carinho:

— Mas está muito magro! Onde mora o garoto? — perguntou a Laudino.

— Com a tia, no bairro da Baixada. A tia é velha e doente, o garoto é que ajuda no aluguel, na boia. Agora não sei; desse jeito. Tem alguma ideia, doutor?

— Nada encontrei, mas com o exame de sangue e urina...

Pôs-se ainda a palpar o braço de Josué, sondou-lhe o peito magricela, após abrir com dificuldade o blusão, cujo zíper emperrara.

— Vocês conhecem o garoto há muito tempo?

— É amiguinho nosso; nos sábados ia com a gente aos bailinhos nos Búzios — falou Carol. — Boy de um banco, doutor. Nos últimos tempos andou sumido. Coruca, um amiguinho do nosso grupo, cruzou com ele a semana passada, na cidade, pediu que desse um chego até a Lundaré, para ouvir o pessoal que conversa junto do Zumbi.

— Zumbi?

— Sim, o Zumbi — entrou Laudino —, o rei negro, sobrinho de Ganga Zumba e Gana Zona, morto heroicamente, a 20 de novembro de 1695, lutando contra um pelotão. Conseguimos, com nosso dinheiro, que Vicentão esculpisse a estátua dele. Um metro e noventa e cinco, coisa bonita, digna. Já virou costume conversar assuntos nossos perto do Zumbi. Quando Josué apareceu, para entrar no papo, vimos o malunguinho estragado, nesse miserê...

Dr. Lucas observou o friorento mais atentamente, agora um tanto preocupado. Voltou para os três a face ossuda, onde uma cicatriz vivia solitária ao lado da barba ruiva e frondosa:

— Escutem, o jovem antes era de boa prosa ou mais chegado a quieto? Se falasse, talvez ajudasse a descobrir que diabo pegou nele.

— É — respondeu Carol —, é só esse treque-treque nos dentes.

— Então é isso — falou dr. Lucas, suspirando e fazendo gesto de apanhar da mesinha *As primas da Coronela* —, exame de sangue e urina. Depois...

Olhou de novo Josué, demoradamente; limpou o luto da unha do polegar esquerdo com a ponta quebrada de uma tesourinha:

— Essa pele de gato nas pernas dele. É engraçado.

— Ele é mesmo muito engraçado — confirmou Carol —, sempre foi.

Já se aprontava para sair, isto é, vestir o paletó e fechar o consultório.

Laudino, então, o deteve, agarrando-lhe o braço, fazendo-o voltar-se para Aristides e Carol, que, após se levantarem, já erguiam Josué da cadeira em que estava sentado:

— Dr. Lucas Epaminondas — falou —, o senhor é médico. Opinião de médico, respeita-se. O senhor poderá ficar na história da medicina se meditar com atenção sobre esse caso. Isto, aparentemente, é um frio sem explicação. Sem dúvida. Mas frio, doutor, expressa o quê? Frio, doutor, para o médico, quase sempre, não quer dizer nada. Ele pode pegar o recém-nascido nuzinho saído da barriga da mãe e dizer pra ele, sem preocupação: "Você, nenê, está frio"; pode dizer pra mulher, na cama: "Minha querida, você está muito fria". Frio geralmente não quer dizer nada! E nós, doutor, por enquanto estamos chamando isso que pegou Josué simplesmente de frio. Não quer, também, dizer nada!

Mas, pergunto: que aconteceu para que o malunguinho aparecesse neste estado? — e indigitou Josué, que de novo se sentara —, que aconteceu, doutor? Ele poderia limitar-se a apenas, desesperadamente, tossir, não acha? Ou tropeçar nessa desgraça que se aproximou dele — e o pegou — simplesmente espirrando.

Doutor! Precisamos de uma coisa: um nome para esse frio que está pegando os negros, os crioulos, os malunguinhos como esse aí.

— Como sabe que é coisa de negros?

— Já se investigou. Já se desconfiava. A gente já esperava. Um nome, doutor! Nós iremos aos jornais, à TV, precisamos de um nome! Um nome para essa miséria!

Após, apontando Aristides e Carol, que tentavam endireitar na cadeira o corpo encurvado do Josué, cujos olhos não se desprendiam do chão do consultório, repisou, obsessivo: "Um nome! Um nome! E o doutor ficará na história de nossa raça!".

Estranheza II

Quem desenhará, para a cidade ver, a cara fria do frio?

Mas Laudino sabia que a medicina quase nada tinha a ver com as mazelas que aos bandos, feito abelhas, haviam ancorado sobre a vida do menino Josué.

Dr. Lucas, certamente por ter-se encantado com tal caso extremo de *frigus immodicum* (frio rigoroso) — conforme já expressara Ovídio, o "poeta da elegia patética", dois decênios antes de Cristo —, talvez até deliberasse, após a leitura de *As primas da Coronela*, esmiuçar a respeito dessa "estranheza", que, foi-se convencendo aos poucos, pedia mais que um banal exame de sangue e urina.

No referente a nome...

Além dos que dr. Freitas já fixara no seu livro *Doenças africanas no Brasil*, muito difícil o nome. E, até que, para iluminação do país a respeito, fosse carimbado nos dicionários, outros tantos Josués já teriam sido conduzidos a milhares de clínicas e consultórios, tremelicando, despejando água dos olhos, nulos, pois sem fala...

A suifa, o ainhum, o subiá, o dracúnculo deceparam dedos de escravo, roeram-lhe os lábios, derrotaram, em muitos, a pretidão da pele, tornada esbranquiçada e morta pela molestação.

Agora, é o frio, grudado ao corpo e à alma de um garoto, sob a tutela do silêncio e da inteira obscuridade.

Quem desenhará, para a cidade ver, a cara fria do frio?

Clube dos escravos

Eles querem muros! Querem muros! Os nossos irmãos negros querem ser isolados por muros!

— Quem é Zé Antunes?

A pergunta surgiu após seu aparecimento num dos canais de TV da cidade, na primeira vez em que tentou afirmar a existência do frio:

— Só nós o sentimos. Já fez desaparecer muita gente. Continua fazendo.

Isso, diante da *Comissão Semanal*, o programa em que se tratava dos problemas locais mais urgentes e comentava-se o roteiro, "sempre feliz", das obras realizadas pela prefeitura.

Compunham a mesa cidadãos respeitáveis, representantes de bairros ou grandes conjuntos residenciais. Homens sérios, de inquestionável formação, reputação sem nódoa e grande amor às coisas públicas.

Ante a afirmação do Zé Antunes, naquela sexta-feira, a *Comissão Semanal* fitou-o, atônita. O certo é que nenhum dos componentes da mesa notara, nas horas do dia ou da noite, o frio que Zé Antunes denunciava. Chamaram-no delicadamente de invencioneiro, louco. Alguns troçaram abertamente dele, enquanto, gaguejando, Zé Antunes tentava esclarecer.

(Zé Antunes gaguejava não pela dificuldade de explicar o frio, mas assustado ante a falta de discernimento daqueles homens respeitáveis.)

Um dos cidadãos presentes riu alto e perguntou:

— Jovem! Sente o frio mesmo agora, no calor deste estúdio abafado?

Zé Antunes fixou-o com raiva, respondeu:

— Sinto!

Um velho suave, paternal, que até aquele momento estivera cochilando, interrogou-o, obsequioso:

— O que se poderia fazer para arredar de vocês esse frio, meu filho?

Aí Zé Antunes pensou, pensou; por fim soltou, mas brincando:

— Talvez um muro bem alto, para se opor ao sopro do frio...

A confusão saltou no meio do estúdio.

Um dos entrevistadores, com os olhos encharcados de indignação, berrou:

— Eles querem muros! Querem muros! Os nossos irmãos negros querem ser isolados por muros!

Após o programa, o mesmo senhor raivoso reuniu-se

a mais quatro da "comissão" e começou a interrogar os negros que encontrava.

Assim consultaram o Zezinho faxineiro, que naquela noite fazia hora extra; a servidora de café, Ditinha; Juca, eletricista; o contínuo Juarez.

A resposta não foi tão inesperada:

— É, às vezes a gente sente frio, né? No inverno...

Sim, mas se ouviu dizer que o cidadão raivoso, reunido aos quatro por ele aliciados, ia propor uns muros, bem altos, para salvar os negros do frio. Uns muros bem altos!

Voltando, porém, à pergunta: quem é Zé Antunes?, poucos sabiam responder.

Laudino contou, no Grupo, que estivera na casa do Zé uma única vez. O bairro? Não se lembrava; era noite, chovia. Laudino achava-se estonteado ante as revelações de Zé Antunes, pois quando o chefe do Grupo Malungo perguntou ao amigo denunciador do frio donde lhe tinham vindo tais ideia e certeza, Zé olhou-o, por alguns instantes, como redescobrindo a face gorda de Laudino. Por fim, indagou, fixando-o mais intensamente:

— Sabe quem sou?

— Zé Antunes, é claro — respondeu.

— Sei muito mais que isso. Ouça! Ouça e guarde como segredo: eu sou simplesmente o efeito retardado do meu bisavô Benedito Antunes.

Laudino mirou-o, espantado, e sua face gorda pedia, com ânsia, pronta explicação.

Achavam-se sós no Malungo. A explicação de Zé Antunes lhe importava demais, pois o seu último poema se referia, longinquamente, a ser ele também prosseguimento de um outro...

— É estranho — murmurou.
— Já leu *Rosana*? — perguntou Zé Antunes.
— Não, mas ouvi falar do livro. Não consegui, porém, encontrá-lo. Acha-se esgotado.
— Pois eu li *Rosana* e veja, Laudino, veja o que descobri.

Retirou da pasta a caderneta de anotações e leu para Laudino, após sorver um gole de conhaque:

"Fato virgem nos anais da Escravatura: em 1881 instala-se em Rosana o Clube dos Escravos. Reuniram-se diversos deles para elegerem entre si a diretoria da nascente sociedade, que ficou sendo a seguinte: presidente, João Manoel, escravo do coronel Francisco Emílio da Silva Leme; secretário, José Francisco, escravo de dona Emília do Amaral; procurador, André da Silva, escravo do capitão José Albano Ferreira. A sociedade tinha por escopo o desenvolvimento intelectual dos sócios por meio de leitura e fundação de uma escola noturna, o que desde logo se positivou, com esplêndida frequência..."[5]

— Entendo, mas, e seu bisavô?
— Meu bisavô?
— Bem, fundaram o Clube dos Escravos, com o apoio de fazendeiros da região. Nele, como está em *Rosana* e acabo de ler para você, aprenderiam a ler e aprimorar o intelecto.

Consultou a caderneta:
— A sociedade existiu de 1881 a 1883, refere o *Guari-*

pocaba, jornal da época, o qual dá muitas notícias do Clube. Vou agora ler para você onde entra meu bisavô:

— "Fato insólito se deu logo após a fundação: "Benedito Antunes, escravo de Sinhazinha Félix, teve que forçar, aos berros, a acolhida na recém-fundada sociedade, pois lá o não queriam aceitar, por lhe faltarem três dedos da mão direita, o que enfeava, aos olhos de alguns fazendeiros, o grupo seleto."

— Benedito Antunes, seu bisavô...

— Sim, pai do meu avô.

— Nunca imaginaria...

— Escute o resto: "Benedito Antunes frequentou o barraco de taipas, na rua Santa Clara, até 1883". Desapareceu, porém, como tantos outros, após o maio de 1888, no meio da história que você conhece. Acredite, Laudino: sou o efeito retardado do meu bisavô Benedito Antunes, disso não duvido, e como tal tenho agido.

Quem era Zé Antunes?

Zé Antunes tinha ligações estranhíssimas: conhecia, de frequentar a casa, o professor Batista Ramos, catedrático de sociologia na Upesp; estivera reunido com o pessoal preocupado com a favela Boca do Esgoto, vergonha estadual, mas que execrava também o nome da Federação, tal o visível descumprimento das propostas da República de 1889; conhecia, de demoradas conversas, dom José Maurício Zilone, bispo da cidade; fora amigo de Zequinha Peleco, capoeirista preso por ter "desacatado" um PM que escorregara a mão no traseiro de sua namorada; e descia também ao Beco do Fuzuê, reduto miserável de prostitutas, conversava com as garotas, bebia conhaque com elas e, o mais importante, era amigo, quase irmão, de Lucas Ferreira, ator pobre, talentoso e mulato, que subira a um posto importante numa das emissoras de TV da cidade.

Zé Antunes, um doido, um visionário?
Afinal, donde saltara sobre ele a certeza de que vagava na cidade um mal misterioso que, sitiando a vida de negros, chegava a anulá-los, invisível, frio, intocável e com o extraordinário dom de se ocultar a quem o tentasse detectar?
Lucas Ferreira, ocupando um decente apartamento de três quartos, no bairro da Glória, recebeu-o naquela noite, passando já das nove horas.
— Tirou-me da cama. Estou demais cansado. Mas, vá entrando!
Zé Antunes viu então as mãos do luxo e da sofisticação arrumando os trastes de Lucas Ferreira. As esteiras no chão de antigamente, os sofás de napa vagabunda, a mesa de fórmica na cozinha, cadê? No chão, agora, tapetes espessos de chenile, sofás revestidos de camurça; nas paredes, ainda telas de alguns pintores primitivos, porém sem a costumeira moldura de ripinhas de pinho. Na sala, a estante, abarrotada de volumes encadernados, bem diferente do antigo quebra-galho de outros tempos: estante de tábuas de pinho montadas sobre tijolos vazados pedidos a trabalhadores de obras.
— Isto está muito bonito — falou Zé Antunes —, você conseguiu.

— Dei sorte. Mas os amigos são os mesmos.
E pousou a mão no coração:
— Aqui dentro não muda. Sente-se.
— É papo curto — falou Zé Antunes —; uma notícia e um pedido.
— Sente-se, vá falando. Você, a essa hora, deve ser importante.
Zé Antunes sentou-se, afundando-se, incomodado, na fofura do sofá.
— Lucas, apareceu o frio!
— Que frio?
— Já lhe falei dele, quando, no ano passado, esteve com a turma da TV, acompanhando a filmagem da comemoração do Zumbi. Falei a você, naquela tarde, apenas por falar, mas aquilo que por enquanto estamos chamando de frio já apareceu num malunguinho nosso, o Josué Estêvão.
— Sei do Josué. Me procurou para entrar na TV, como boy, qualquer coisa. Mas, desculpe se estou parecendo desligado do que sucede na comunidade, mas esse tal de frio não me lembro, não, de ter ouvido...
— Lucas, é coisa demais ameaçadora habitando alma de crioulo. Ele se sente um micróbio, mas num grau abaixo de micróbio, entende? Esfria, gela, chora. Quer desaparecer e desaparece. Tanto que, francamente, estou mais espantado de Josué ter-se mostrado do que de ele ter o frio.
— Mas, como descobriu isso? Pô, o mundo anda mesmo maluco, a bagunça tomou conta da cuca dos caras, até dos mais sérios. Viu o Jotacê dizendo que pretendia deixar a mulher e os cinco moleques, e ia mesmo tentar viver em um mosteiro? Normal isso? O mundo vai mal, isso se vê.

Agora, uma doença incrível, agarrando os negos, gelando, amassando a raça de tal modo que o tomado quer apenas desaparecer... Cola? Zé Antunes, corta essa!

— Não é essa a questão. Ela está aí. Josué mostrou-se na Lundaré, na sexta-feira, eu soube por uns garotos do grupo do Laudino. Até camadas de retalhos de flanela o malunguinho botou nas mãos, tamanho era o gelo. O frio anda às soltas... Me cava uma entrevista.

Lucas Ferreira fitou-o assombrado:

— Tem coragem de afirmar isso num programa de televisão?

— Tenho!

Lucas Ferreira, reclinado num dos cantos do sofá, olhava, admirado, o velho amigo. Gostava dele; talvez esse fosse o amigo que jamais deixaria de lado, mesmo que o salário triplicasse e ele subisse, com a Lourdes e os dois molequinhos, para um apartamento de cobertura. Olhou-o firme:

— Que jogada você planeja, Zé Antunes? Você pode apresentar o frio, dizendo ao pessoal que representa os maus-tratos, a indiferença para com a raça, a injustiça social. Mas disso já falaram, e até demais. O negócio é se... Zé, você se sente bem? Digo, alguma preocupação, alguma dívida...

— Tudo bem, Lucas; comigo está tudo bem.

— Quem mais viu o Josué? — perguntou-lhe Lucas Ferreira, levantando-se para apanhar copos no barzinho e uma garrafa de Macieira.

— Umas trinta pessoas... É bom esse conhaque... Escute, e a Lourdes?

— Viajando com os moleques. Andei aporrinhado, sabe como é, responsabilidades; depois o crioulo aqui precisa mostrar que é bom. Andei estafado, mandei a Lourdes, com os moleques, pra casa da mãe. A velha fica contente e eu descanso.

— Umas trinta pessoas viram o Josué. Calculo umas trinta pessoas, porque nas reuniões do Laudino só em datas especiais aparece muita gente. É, o pessoal dos poemas...

— Por que você diz pessoal dos poemas desse jeito? Não gosta do pessoal dos poemas?

— E você acha que poemas resolvem? O pessoal chega ali, senta-se nos bancos, com o Zumbi olhando, leem, declamam, perguntam ao Laudino se podia dar uma olhada no que escreveram. O Laudino orienta, é claro, o grupo. Mas, é um grupinho que escreve poemas...

— Quer dizer, então, que o pessoal dos poemas viu o Josué com a doença do frio que só ataca crioulos...

— Outros devem ter visto.

— Não importa. Se é frio, é frio.

Mirou o rosto do Zé Antunes, com intensa curiosidade:

— Você acha que mais pessoas, fora do grupo do Laudino, olhando o Josué, concluiriam que ali, relando no seu nariz, estava um criulinho atacado por um mal que só assedia crioulos? Você acha?

— Difícil dizer, Lucas, muito difícil. Mas o frio existe! Me arruma a entrevista e vou dizer todas as verdades!

Lucas Ferreira caminhou até a janela, ampla, donde se avistava boa parte da cidade, inundada de luzes. E, pensativo:

— Ser negro é uma parada!

— Você ainda é?

— Não me interessa o que fazem os outros. Não traio as humilhações por que já passei... continuo com a raça.

— Então, me cava a entrevista!

— Dependendo de mim, você já tem. Você, malungo velho, sabe que sou louco!

Zé Antunes despediu-se, abraçando o amigo, irmão, tudo!

Restava aguardar no que daria a proposta de Lucas Ferreira na emissora. Aí então Zé Antunes diria suas verdades.

Chá com bolachas

Irmãos!
Encostai-vos nos muros do Ocidente,
pintai-os com a tinta preta
de vossa pele!

Entre as diversas associações, grupos e clubes negros existentes na cidade, nenhum deles conseguira chegar à respeitabilidade do Movimento Participação Negra.

Mas nem todos na coletividade aceitavam o Movimento. Na Toca das Ocaias, no Malungo ou junto aos "Evoluídos", entre os quais se fincara a ideia de que com eles se inaugurava um novo marco no pensamento e no comportamento dos afro-brasileiros, chamavam-no de Grupo dos Pretos Velhos, devido ao número muito alto de negros passando dos sessenta que o frequentava.

Com o tempo, certos costumes foram se introduzindo

na entidade, como chá com bolachas, nas noites de sextas-feiras, quando oficialmente o Movimento se reunia para examinar a semana. Sua saudação também, tirada de uns versos do poeta mulato Francisco Lima, se tornara famosa. E todas as sextas-feiras, diante da comprida mesa de peroba, antes de iniciarem as discussões, apresentação de propostas, observações, os presentes, a uma voz, declamavam, lenta e solenemente:

Irmãos!
Encostai-vos nos muros do Ocidente,
pintai-os com a tinta preta
de vossa pele!

Ritual imprescindível, abertura a toda solenidade, qualquer reunião. Se aparecessem, em outras associações, para tratar de algo de maior gravidade que coquetéis ou chás beneficentes, os "participantes" pediam licença e recitavam em uníssono os versos que tão bem os demarcavam.

Do mesmo modo que os "Evoluídos" tinham como mentor e porta-voz o sociólogo Eduardo Cintra, e o Grupo Malungo seguia no rumo das ideias do poeta e teórico Laudino da Silva, o Movimento Participação Negra, por seu lado, apoiava-se plenamente no passado, palavras e ações do dr. Ovídio Matos, ourives de profissão.

Esse o motivo de Zé Antunes, consultando a caderneta de anotações, logo após chegar a sua casa, ter assinalado três nomes para contatos, antes de sua quase certa entrevista sobre o frio: primeiro, dom Geraldo Faustino, o bispo negro de Maralinga; segundo, padre Antônio Jubileu, secretário do bispo, famoso devido à sua memória prodigiosa; e, terceiro, dr. Ovídio Matos, fundador e presidente do Movimento Participação Negra, mas cujas atividades no "território" afro-brasileiro se derramavam até o cargo de provedor da Venerável Confraria de Nossa Senhora do Rosário dos Homens Pretos Libertados. Nesses nomes Zé Antunes se apoiaria, a partir deles desvendaria, achava, a máscara do frio.

Dormiu agitado. Um sono sem sonhos, pois a descoberta do frio se tornara a busca exclusiva do Zé, naquelas semanas, desde que surgira na cidade a primeira vítima palpável da frialdade.

Josué sumira, após o terem deixado na casa de três cômodos onde morava com a tia. Tal desaparecimento não intrigava tanto, mas, se conseguisse encontrá-lo...

Nossa Senhora da Escuridão

Não se viu nenhum negro rezando na catedral.

Na cidade, passada uma semana do aparecimento de Josué, o acontecimento havia merecido comentários desencontrados demais.

Talvez porque o trajeto do menino fora muito curto ou pelo fato de não ter dito nenhuma palavra durante aquele tempo todo, apenas sua estada espetacularmente humilde e dolorosa na praça Lundaré se marcou como algo digno de ser notado. Assim, Josué, nas ruas próximas à praça e nas vias em que transitou de táxi com os que o amparavam, foi visto só como um adolescente negro triunfalmente obscuro e miserável.

Nada espantoso, então, que, duas horas após sua saída do consultório, a emissora de rádio A Voz da Periferia tivesse espalhado a notícia, mas com abertura para libérrimas interpretações. Uma delas, merecedora de registro, era que Josué estaria protestando contra a falta de moradias na cidade ("Note, prezado radiouvinte, que, certamente por não ter casa onde morar, por isso impossibilitado de usar gavetas ou armários, o garoto carregava toda a sua roupa no corpo, e os gorros — que adolescente não aprecia colecionar gorros? —, e as peles de gato que certamente reservava para os tamborins que pretendia confeccionar para vender no grêmio carnavalesco a que pertence; além de seu blusão preferido...").

Absurdo!

E outras e outras leituras estapafúrdias se apresentaram, incríveis, virando "sobremesa" inesperada para papo de boteco ou conversa de fila de banco, salão de cabeleireiro, sala de espera no dentista etc.

Mas, no sábado de manhã, outra rádio, a Mundial, trouxe até os ouvidos da cidade uma informação maravilhadora.

Noticiou que no exato momento em que o menino se mostrou na Lundaré a imagem de Nossa Senhora da Escuridão, venerada secularmente na catedral, verteu uma porção de lágrimas. Quem desejasse podia ver as minúsculas gotas que haviam escorrido, frias, dos olhos magoados da santa. Moradores da cidade, às centenas, acorriam naquela manhã ao antigo templo, para admirar a maravilha e tentar levar para casa resíduos da milagrosa umidade.

E o fato foi visto como sinal extraordinário, pois Nossa Senhora da Escuridão — réplica da Mater Dolorosa ou Nossa Senhora das Dores — constava como a única imagem negra existente no país dedicada a essa Mãe envolta na obscuração caída sobre o monte Calvário, às três horas da sexta-feira não apenas chamada santa, mas rememorada havia dezenas de séculos em todos os países marcados pela fé cristã.

No entanto, o entendimento da negridão daquela Mãe Dolorosa transitava por escuras veredas, sombras debruçadas sobre uns cerros onde ela teria sido encontrada e deles trazida, fazia mais de cem anos, carregada durante quarenta dias nos ombros de oitenta escravos. Noites tão fundas e com tão nulas fagulhas de claridade que os estudiosos de devoção popular e servidão no país haviam desistido de as rastrear.

Embora de rosto negro, tendo chorado pelo garoto Josué naquela sexta-feira — como muitos acreditaram —, na catedral a Virgem continuou sendo *Mater Nigra et Dolorosa*, mas *nigra* tão somente por motivo da treva que na tarde da crucificação de Cristo escureceu o mundo, extensiva, neste caso, ao rosto da Mãe.

Então, naquela manhã ouvia-se de centenas de bocas a súplica antiquíssima:

— *Ora pro nobis!*
— *Ora pro nobis!*

Não se viu nenhum negro rezando na catedral.

Micróbio preto

Sinto-me como um micróbio preto; vou desaparecer!

Na segunda-feira, hora do almoço, Zé Antunes, que se recolhera, depressivo, em sua casa durante todo o sábado e o domingo, foi procurar Laudino, no Malungo. Queria conhecer, além do que já sabia, qual fora a repercussão do aparecimento do Josué.

— Além do que talvez já te contaram, Josué desapareceu. Já se descobriu o que ele tem: *melanoscrios*.[6] Carol consultou um cara que sabe grego.

— *Melanos* — diz ele — é negro; *crios* é frio. Falou que se a gente preferir pode ser também *melano-crios*. A diferença — explicou — é que *melano* está na forma chamada, em grego, de dativo, que equivale a "ao negro", "dado ao negro"...

Riu, ruidoso, vergando o dorso até a toalha da mesi-

69

nha do bar; a seguir, cômico, pôs-se a tremer, como estivesse a soluçar, ato em que se manteve por alguns instantes. Após:

— Que acha?

— Temos que estudar grego, Laudino.

Ficou quieto o Zé. E, ante o demorado silêncio, Laudino seguiu:

— O médico de clínica geral que atendeu o Josué não se assustou muito, nem viu nada de extraordinário. Parece que o frio deixou o doutor apenas um tanto pensativo.

— Só isso: pensativo?

— Olha, malungo, o tal dr. Lucas, conhecido de Aristides, só faltou rir do Josué. Não tirava os olhos das peles de gato com que o malunguinho tentava aquecer as pernas.

— Era de se esperar, Laudino, é difícil mostrar a cara do frio. Tentarei.

— Como?

— Conversei com o Lucas Ferreira, do Canal 3, sobre uma entrevista na televisão. Espero resposta para esses dias. Após, falarei aos jornais.

— Donde veio o frio, Zé?

— Não se sabe. Estive pensando: antes da minha entrevista é necessário que o padre Antônio Jubileu fale das ossadas dos oitenta negros fugitivos sucumbidos nos montes Piracaios, em 1746. Sua memória espantosa vai ser muito útil para indicar donde pode ter vindo tal sopro gelado.

— Carol acha que é *melanoscrios*, sem discussão. Que pensa?

— Nada. O nome é esquisito, e daí? Você não acha muito mais esquisito eu falar em frio no mês de setembro? To-

dos sabem que em setembro não faz frio. Mas, isso de *melanoscrios*...
— Bom, foi iniciativa da Carol. Quer cerveja?
Pediu outra garrafa, serviu a Zé Antunes:
— E, agora, que vai fazer?
— Propor ao Lucas Ferreira que antes de mim surja no vídeo padre Antônio Jubileu. A este escrevo hoje, falando a respeito. Depois, procuro o Movimento Participação...
— Como?!
— Isso mesmo; eles são respeitados, têm alicerces raciais bastante fundos, o que falta aos "Evoluídos", aos Negros Contemporâneos, ao Agora Negro.
— E sua ligação com o Grupo Malungo?
— A de sempre. Acha que abandonarão a poesia ou deixarão de se reunir na Lundaré por eu ter procurado o dr. Ovídio Matos e ter conversado com os velhinhos?
— Isso me chateia, Zé Antunes. Lembra-se do que combinamos? Que o frio deveria ser anunciado entre os que estão chegando, os que terão, por motivos que você conhece, dificuldade em detectá-lo.

Qual em êxtase, proferiu diante do rosto apreensivo do amigo:
— "O frio é como uma brisa", Zé. Josué, um caso extraordinário; vale examinar a gênese do menino, investigar com a tia por que andou sumido antes de aparecer naquele estado miserável, na praça Lundaré. Os velhos do Movimento, acredito, já não veem mais o frio, pois o frio há tempo senta-se à mesa com eles, vigia à sua porta, ri...

Veem talvez o frio como geada, gélida ventania. Mas o frio, tirando o caso singular do Josué, se disfarça de brisa, e venta, e estraçalha, e desbasta a esperança da gente.

— Sei, e entendo, mas de qualquer jeito preciso me encontrar com dr. Ovídio. Hoje à noite o procuro, melhor, lhe telefono. Pedirei a ele que convide o bispo de Maralinga. Ao padre Antônio Jubileu escrevo daqui a pouco, no meu trabalho.

— Dom Geraldo Faustino, o bispo de Maralinga?! — E Laudino meneou a cabeça, desalentado. — Dom Geraldo Faustino!

Zé Antunes bebeu outro copo de cerveja, despediu-se.

O dia gritava de tanta luz: havia um sol vitorioso visitando a cidade. Zé Antunes andava nervoso. Sabia onde ia-se meter. Ia-se atirar face a face ante a *Comissão Semanal*, novamente diante dos cidadãos que zelavam pelo bem-estar da cidade.

Perante eles, agora levando uma prova, vista por milhares de telespectadores, deveria dizer simplesmente isto: descobri que há um mal sem nome que anda vitimando habitantes desta cidade. Descobri mais: até o momento, só negros. É coisa velha. O motivo de ele mostrar-se agora não se sabe; nisso venho pensando e tentarei descobrir. Peço que esta "comissão" inicie providências. Aqui, o primeiro caso: chama-se Josué Estêvão. Apareceu numa pracinha onde um grupo de jovens negros interessados em Afro-brasilitude se reunira para ler e discutir seus poemas. Josué Estêvão tem dezesseis anos. É boy de um banco desta cidade.

Que aconteceria, após essa revelação ante a *Comissão Semanal*? Ali se discutiam esgotos entupidos, maus-tratos aos animais, cortes indevidos de água com a conta já paga, o telefone silencioso após ligado mais de ano etc., e, agora, um mal agarrando tão somente negros.

Aí, enquanto caminhava na avenida Uvaia, o caminho mais curto para chegar ao trabalho, percebeu a dificuldade de sua missão: o negro vem encarando há tempo um mal que, em milhões de casos, o tem levado à dor e ao desaparecimento. E ele, concreto, sopesável, já percorre alguns recantos desta cidade. Quantos já — interrogou-se Zé Antunes — não andarão sumidos, após o ataque do frio e seus vergonhosos sintomas?

Chegou ao escritório, pouco antes do expediente. Pegou papel, a esferográfica. A sala achava-se silenciosa e Zé Antunes sabia que pelo menos vinte minutos teria para escrever ao padre Antônio Jubileu, sem que o incomodassem. Então rabiscou a carta:

Padre Antônio Jubileu:
 Vi Vossa Excelência na inauguração da estátua do Zumbi, 20 de novembro do ano passado, na pracinha junto da avenida Pururus. Lembra-se, Vossa Excelência? Falaram muito do senhor, aliás, por pouco o senhor, sem querer, não tomou conta da comemoração. Vossa memória... lembra-se? Cochichavam todos que quando Vossa Excelência (desculpe, não sei escrever para padre, não sei se o senhor é, ah!... Reverendo), cochichavam que Vossa Reverendíssima co-

nhece de memória fatos nunca citados a respeito da raça a que Vossa Reverendíssima oferece tanto prestígio. Impressionou-me muito, quando Vossa Reverendíssima iniciou suas palavras, a referência às ossadas dos oitenta negros atacados por misteriosa doença no sopé dos montes Piracaios. Ninguém conseguiu escapar de suas palavras quando começou a falar dos montes, das ossadas e de outros fatos que livro nenhum nunca citou.

Padre Jubileu, devo, possivelmente no fim deste mês, aparecer em programa de televisão para falar de um outro mal que, nem sei como, descobri e que se mostra claramente na sua primeira vítima: Josué Estêvão, garoto de dezesseis anos, boy de um banco desta cidade.

A doença, padre, é o frio. Um frio que faz o coitado entrar no ridículo de tentar se proteger com retalhos de flanela, gorros, dois ou mais, peles de bicho doméstico, como gato. O queixo treme, de se ouvir de longe, a vítima não consegue falar, dos olhos descem lágrimas, mas, padre, dentro é que está a miséria: o infeliz vira um campo de batalha onde a desgraça dá vivas à sua inteira vitória. Parece que a sua reza, a única possível no momento, é esta: meu Deus, meu Deus; sinto-me como um micróbio preto; vou desaparecer! E some, definitivamente.

Os jornais, que eu saiba, não trazem o suicídio de nenhum deles. Não há notícias de morte, nem fotografias anunciando que fugiu o menino ou o senhor ou a senhora tal. Some-se. É como se, numa comparação, o aluno do pré-primário, após ter tentado escrever seu nome e a educadora ter dito que não era assim, tivesse apagado a tentativa com a primeira borracha e, por raiva, iniciado outro caderno... Ele nunca mais vai saber como seria sua letra!

Estou confuso, padre. Por isso falei com meu amigo e

quase irmão Lucas Ferreira, que tem muita influência num dos canais de TV da cidade. Ele vai conseguir uma entrevista para que eu prove a existência do frio. Antes, porém, peço, e sobre isso vou telefonar agora ao Lucas, peço que Vossa Reverendíssima apareça e relate, com mais fatos, mais detalhes, o desconhecido: as ossadas, como foram os montes Piracaios e outros dados que os livros nunca mencionaram.

Vossa Reverendíssima é chamado aqui entre nós como "O da Memória Prodigiosa". Conto com sua colaboração, padre. Assim me animo a dizer todas as verdades. O médico a que levaram Josué praticamente riu dele. Fale das ossadas dos oitenta negros, padre, fale muito delas!

Conto com Vossa Reverendíssima.

Passo telegrama sobre a data da entrevista. Estou, desde já, muito agradecido.

Seu amigo e irmão de raça,

José Antunes

Pôs a carta num envelope da firma. À noite, levaria ao correio.

Andou pelo escritório, pensativo. Dirigiu-se à janela, olhou a multidão que passava, apressada. Fixou o olhar num menino que caminhava, solitário, mãos nos bolsos da calça. Imaginou a cidade cheia de friorentos, batendo o queixo, sumindo com o vento.

Às catorze e trinta chegou o primeiro funcionário da firma, de volta do almoço.

— Você por aqui, Zé, tão cedo?

— Andei cochilando — respondeu.

Sentou-se, enfiou a carta fechada na sacola de couro. Começou a trabalhar.

Comigo me desavim

Você não conseguiu na literatura, em prosa ou verso, ser mais do que um menino negro que tocasse oboé. Toca bem, mas dentro de uma estética que não é sua.

Batista Jordão estava triste. Domingos e feriados, solitário, mexia nos seus papéis: recortes, retratos de amigos, artigos a respeito do seu livro *Várzea da mansidão*, velhas cartas. Guardava tudo o que escrevessem de suas atividades literárias.

Assim relia, melancólico, o convite para o coquetel de lançamento de sua mais comentada coletânea de poemas:

CONTEXTO LIVRARIA E MINIGALERIA
convida para a noite de autógrafos do livro Várzea da mansidão, *de Antônio B. Jordão, quinta-feira, 26 de outubro de 19.., às 20h.*

Ouvia música. Naquele momento, "Missa de réquiem", do padre José Maurício, enquanto lhe chegavam recordações daquela noite de amizade e até reconhecimento.

Conseguira o respeito dos entendidos. Apoiado em bons conhecimentos teóricos, alcançara deter o verso, não o deixando cair no retórico. Ultimamente, preocupava-se com ler Camões, Sá de Miranda, velhos em cuja experiência o poeta se escorava para o bom rumo de seus poemas.

Sabia-se um solitário. Sabia também que isso não tem cura. Os versos de Sá de Miranda

> *Comigo me desavim,*
> *sou posto em todo o perigo;*
> *não posso viver comigo*
> *nem posso fugir de mim*

caíam-lhe com extrema ressonância n'alma. Eles me explicam — pensava —, eu, o poeta negro desencontrado...

Se ao menos alguém aparecesse — Carol, Jéssica Marilu, Coruca —, ofereceria conhaque ou café, conversariam e ele se sentiria bem naquela tarde parada, da qual toda a alegria se despedira, deixando-o só com seus papéis.

E, entre esses papéis, Batista Jordão guardava especialmente um, e regressava sempre a lê-lo, com difícil resignação, pois partira de seu velho companheiro Clóvis Pereira. Confiava em que a vivência em comum nas associações negras que, juntos, tinham frequentado, daria a Clóvis a acuidade de perceber, nos versos de *Várzea da mansidão*, o quanto existia dos caminhos que ambos, outrora, haviam trilhado. De sua geração, quem poderia entendê-lo, a não ser o jornalista Clóvis Pereira?

A mágoa, contudo, chegou dentro do envelope, com as opiniões de Clóvis.

Dedicara sessenta linhas para definir um livro de quarenta poemas situados entre o lírico e o social. Não citara, para aclarar suas afirmações, verso algum da *Várzea*, não mencionara as diferenças entre a produção antiga que Clóvis tão bem conhecia e os poemas do novo livro. A estocada veio rija, inesperada:

> Você não conseguiu na Literatura, em prosa ou verso, ser mais do que um menino negro que tocasse oboé. Toca bem, mas sob uma estética que não é sua e que você não teve coragem de ir buscar.
>
> Nada do que eu disser aqui é uma acusação, faço questão de frisar, mas uma constatação, a partir do meu ponto de vista, de minha forma de encarar a vida, é claro. Por isso, já tive oportunidade de lhe dizer que quando o crítico, literato, esclareça-se, branco, agradou-se de sua obra é porque ela está dentro de formas estéticas que não ferem seus padrões de julgamento. Logo, quanto mais agradar à crítica literária que domina a imprensa, equivale a dizer crítica branca, isso significa que mais distante você está de uma estética negra. E isso o crítico branco vê e acha bacana e lhe elogia por isso (percebi o erro do pronome, mas eu gosto assim mesmo).

Na contracapa tem um trecho de crítica de um tal Luiz Santa Cruz.

Entre outras coisas, ele diz que encontra em você "a mesma sublimação da música da negritude americana dos *blues* e do *ragtime*". Ora, de música você entende e deve então perceber o grau de concessões que a música do negro norte-americano fez a elementos de música erudita. É esse "ser essencialmente poeta" que agrada à crítica branca, mesmo que o conteúdo viesse prenhe de Negritude [...].

Clóvis Pereira[7]

Não lhe doeu a dureza; doeu-lhe o menosprezo, ferindo a vaidade de Batista Jordão.

Se Clóvis Pereira dissesse as mesmas coisas, elucidando com exemplos, citações de poemas, apontando versos que seriam, no fundo, simples ecos de leituras de "poetas brancos", adotados pelo autor de *Várzea da mansidão*, não haveria mágoa. Discutiriam, beberiam juntos e haveria paz. Mas sessenta linhas para um poeta que andou na mesma senda de Clóvis, planejando nos bares, à noite, como poderiam descobrir uma estética negra... Foi duro.

Ninguém chegou. Batista Jordão guardou seus papéis. A tarde, por si só, não amenizaria suas lembranças amargas.

Às dezoito horas, partiu para o Bar Malungo, tomado de um louco desejo de estar com Ana Rosália, no seu quarto, onde, após o amor, ela lhe fazia o melhor dos cafés e lhe contava que se tivesse ido além do primário talvez não fosse dona de bar, mas professora e, sem dúvida, escreveria um romance (pois sua vida era um romance!), narrando como é difícil ser mulher e cobiçada, como sempre fora.

— Mas eu amo você, demais!

Batista Jordão saiu de sua sala-biblioteca só para isto: ouvir de Ana Rosália que ela o amava demais.

Só. No "território negro"

O frio faz desaparecer as pessoas, leva-as a se esvanecerem, perder o nome, bater a testa mesmo contra o ar, achando-o duro, intransponível.

.

Zé Antunes telefonaria para o dr. Ovídio Matos às dezoito e trinta. Esperaria que todos saíssem, teria tempo, pois o faxineiro só chegaria às dezenove horas para limpar o escritório.

Mas, perto das dezoito, discou-lhe Lucas Ferreira. Voz impaciente, sôfrega de dar notícias:

— Malungo, a entrevista! A entrevista! Os homens te querem já, cara! No programa de sexta, passa esta, a outra, na *Comissão Semanal*. Malungo, te prepara!

— Mas...

— Mas o quê? Você não queria isso, Zé? Propus e até fiquei espantado, pois os homens não discutiram muito.

Falaram, na minha frente: "Isso vale! Toma providências, põe na programação!".

No peito pulsava, mais rápido, o coração do Zé Antunes.

— Obrigado, Lucas, obrigado mesmo. É que eu gostaria que O da Memória Prodigiosa...

— Padre Antônio Jubileu? Estará lá! Telefonou-me, avisando ter recebido carta sua; disse-me estar de fato interessado em falar antes de ti. Tudo certo!

— Mas...

— Mas o quê?

— Gostaria de falar, antes, também com dr. Ovídio Matos e o bispo de Maralinga.

— Malungo, irmão, você resolve isso. Teu lugar, com o Josué, na *Comissão Semanal* é certo e é isso que importa! Não está contente?

— Estou. Mas, assim tão fácil, assusta. Obrigado, irmão, obrigado mesmo!

Sentou-se. No cérebro do Zé Antunes agitavam-se as ideias. Sentia-se sozinho. Tinha oito dias para pensar na decisiva apresentação do friorento, divulgada pelo Canal 3. Sexta-feira, dia seguinte, portanto uma semana antes da reunião da *Comissão Semanal*, haveria o encontro, também semanal, dos velhos do Movimento Participação Negra. Pegou o telefone, discou. Urgia, desesperadamente, reunir-se ao dr. Ovídio, ao bispo de Maralinga e ao padre Antônio Jubileu.

Pegou, pois, o telefone, discou ao mentor dos "participantes", que, sem demora, já estava atendendo.

— Quem?

— José Antunes, do Grupo Malungo.
— Fa-falar comigo?
Era uma voz fina, nervosa, um tanto gaga.
Zé Antunes jamais estivera com ele, jamais entrara na sede do Movimento. Nunca tivera curiosidade de saber que faziam os "participantes", que propunham, que planejavam aquelas cabeças brancas. Indiferença, isso, indiferença não aproximara Zé Antunes do Movimento Participação. Portanto, se dr. Ovídio o conhecia, só podia tal conhecimento provir do frio, do qual Zé Antunes se tornara o primeiro anunciador.
— Fa-falar comigo? — repetiu dr. Ovídio.
— Sim, hoje, hoje!
Silenciou. Zé Antunes parecia hesitante, mas reatou a conversa, após breve pensamento que o distraiu, enquanto dr. Ovídio tentava dizer-lhe que no Movimento...
— Dr. Ovídio, o bispo de Maralinga, o padre Antônio Jubileu, amigos de Vossa Senhoria, tem notícias deles?
— No Mo-Movimento...
— Estarão amanhã na sede? A que horas?
Era quinta-feira. Zé Antunes, com muita delicadeza, desmarcou a visita à casa do dr. Ovídio, que, contente, fazia questão de vê-lo.
Um plano assaltara, súbito, seus pensamentos. Despediu-se.
— Dr. Ovídio, logo nos veremos. Agradeço sua atenção.
Saiu. Saiu para observar a cidade. Pegou o ônibus para Nova África; dali desceu até a Vila Mulungu, a pé. Avançava com passos apressados, descuidado do trânsito, que já minguara àquela hora. Esteve olhando a favela na Vila das

Belezas. Ali, a maior porção do "território negro". Milhares deles, qual tangidos por antigo e misterioso convite, haviam debandado, nos últimos anos, rumo àquela parte da cidade. Nova África, Vila Mulungu, Bosque das Viúvas, Vila das Belezas...

Zé Antunes sabia que nem "nesse território" acharia o Josué, pois: o frio faz desaparecer as pessoas, leva-as a se esvanecerem, perder o nome, vergar-se, microbiar-se, bater a testa mesmo contra o ar, achando-o duro, intransponível; isso consegue o frio.

E pensou, naquele instante, enquanto caminhava, no caso do Bartolomeu, seu primo Bartolomeu: que acontecera ao Bartolomeu? Bartolomeu sumira, não morrera, certamente não morrera, mas que era dele?

Envolto nesses pensamentos, foi para casa: sala e cozinha, tendo nos fundos diminuto quintal cercado de esguios muros separando a propriedade vizinha. Na sala, mesa rústica; à esquerda da porta de entrada, longo baú onde guardava roupas e papéis. Na parede, à direita, dois retratos emoldurados e pequenas telas de pintores primitivos, além de desenho a nanquim de uns sessenta centímetros: curvo menino no centro, a mirar sobre a mão espalmada o rodopiar de um pião. Encostada à parede, no centro, a cama.

Quando abriu a porta, bateu-lhe no corpo desconhecida inquietude. Ouvia-se na sala o pulsar do ar, do baú, do garoto do quadro.

Intranquilo, caminhou até a cozinha, saiu rumo ao quintal, examinou a noite donde, havia pouco, chegara.

Já de novo na sala, abriu a janela. Pensou: é urgente

desmascarar, de vez, a verdadeira face do frio, saber quem é ele, pô-lo nu, mirá-lo no rosto e apresentá-lo, nesse estado, à cidade. Vai doer-me — falou a si mesmo —, mas para isso nasci, só para isso.

Olhou o relógio sobre a mesa: passava da meia-noite. Ainda espiou pela janela, na tentativa de divisar a passagem de Josué... Concluiu, porém, após coar os ruídos da noite, para deles separar o barulho dos dentes batendo, que nunca mais o veria. Era certo: Josué desaparecera. Para sempre desaparecera.

O bispo de Maralinga

Lasca de mó no anel;
trono de cedro ou de pó?
É possível confiar
em um bispo que ao pregar
recorre a uma frase só?

Quem era o bispo de Maralinga?
Ninguém sabia. Uns afirmavam que tal bispo nem existia, como também não existia Maralinga. Outros acreditavam na sua existência, duvidando, contudo, de que fosse bispo.
Esse o motivo de nenhum grupo negro da época tocar no seu nome: incerteza, névoa. Ah, houvesse certeza, como se tornariam as coisas diferentes!
Diziam que era neto de escravos e citavam mesmo o nome de seu avô, que se teria chamado José Emérico Faus-

tino. Esse José Faustino — relatavam — vivera na fazenda Soledade, onde nascera, entisicara e, no fim, morrera, seco, curvo de capinar durante quarenta anos.

Contavam ainda que no seu anel episcopal não ostentava pedra alguma de valor: o que nele se mostrava era uma diminuta lasca de pedra de mó, do moinho da fazenda Soledade.

Quanto ao padre Antônio Jubileu, assumiu o cargo de secretário do bispo no ano em que o episcopado dele, soerguido pelo sonho de um número incontrolável de negros do país, se concretizou.

Assentado, então, em um velho trono de cedro, pôs-se a proferir dali os seus sermões, que não eram mais que uma frase: "Os homens não se amam! Os homens não se amam!".

Mas tal pregação dificilmente conseguia transpor o cimo das montanhas e alcançar as vilas em derredor.

Cansou-se, afinal, a voz do bispo, e sua homilia, após certo tempo, virou mote para poemas, fabulações e uma inexpressiva série de cordéis.

Daí os versos de um anônimo — talvez escondido entre os Negros Contemporâneos — que saiu com esta desalentada indagação:

Lasca de mó no anel;
trono de cedro ou de pó?
É possível confiar
em um bispo que ao pregar
recorre a uma frase só?

Para Laudino, o bispo de Maralinga era de fato bispo. Não havia dúvida. Maralinga, sim, não existia, nem os montes Piracaios, nem o rio Jambaia, que deveria descer entre os montes.

— Flui, sim — dizia Laudino —, o rio Jambaia, mas por necessidade, para a perpetuação do bispo imaginário, que aguarda no seu palácio arruinado a ressurreição das ossadas a que se refere padre Jubileu. Nesse sentido, o bispo existe, mas, tão cercado de lendas, tornou-se impalpável, não pesa — é como se não existisse — e o seu sermão mal alcança os topetes dos montes. Então, não se sabe ao certo o que ele diz, desconfia-se, apenas, do que ele deveria dizer, como bispo, em Maralinga, se Maralinga existisse...

Pensando bem, seria melhor que não houvesse bispo de tal feitio, nem por necessidade! Seria melhor!

Zé Antunes, que ouvia essa explicação, apenas sussurrou:

— É muita confusão.

— É o que acho, e Deus livre que outros pensem como eu. Essa ideia só me satisfará, enquanto eu a retiver sozinho comigo. Depois, depois, não sei.

Estavam, nessa noite, bebendo no Malungo.

Ana Rosália ouvia, com espanto, o primo Laudino. Acompanhara com atenção as palavras do poeta dirigente do Grupo Malungo que, após curto silêncio, tirou um papel do bolso, pediu outro conhaque e dirigiu-se a Zé Antunes:

— Escrevi alguma coisa a respeito, alguns versos. Neles, imaginando, me ponho no lugar de dom Geraldo. Leio para você.

Zé Antunes acenou com a cabeça. E Laudino leu:

*Eu por caminhos vim que não existem
e não são vistos, nem adivinhados.
Se existo como homem, não me acresço,
pois só me prendo àquilo em que não creio.
Sonho ou lenda, ainda pastoreio
o meu rebanho antigo, cuja testa
borrada está há séculos de treva
e medo e dor, rebanho vagaroso
berrando: já é tarde, a noite chega!
Eu bispo, eu serei, se morto, o doido
que disfarçou o seu descuido e, ao fim,
se viu alçado à cátedra de cedro
em Maralinga, tão somente um sonho!*

Calou-se. Respirou fundo. Sussurrou ao ouvido do Zé Antunes:

— Ele acredita que é bispo de Maralinga e para a Igreja é mesmo. Maralinga, porém, não existe.

— Falta de lógica — retrucou Zé Antunes. — Se a Igreja o fez bispo em Maralinga, então...

— Engano. A história da região, os escravos que para lá fugiram em 1746, como descreve padre Jubileu, reclamaram um bispo desse porte e feitio. Pura reivindicação da paisagem. A Igreja — e este é o drama, esta é a amargura —, a Igreja sonhou pela milésima vez!

Silenciou. Pousou a mão gorducha sobre a perna do Zé Antunes:

— Sonhou!

E, já pagando a conta, encarando a face inquieta do amigo:

— Teu bisavô, Benedito Antunes, aqui estivesse, confirmaria o que digo.
E, já saindo do Malungo, enfiando-se na noite:
— Sim, confirmaria, juro que confirmaria!

Quem era o bispo de Maralinga?
Naquela sexta-feira, a poucos quilômetros da praça Lundaré, desciam do seu maltratado Opala o bispo de Maralinga e padre Antônio Jubileu.
Ladeava o padre um menino, preto como ele.
Lindo, espantosamente lindo, trajava longa túnica verde povoada de minúsculos pássaros coloridos. Aparentava ter uns dez anos.
Em pé, imóvel o tempo todo, ostentava extraordinária dignidade e, segurando a mão direita do padre Jubileu, cravava os olhos na noite, qual soubesse com exatidão tudo a respeito do que estava acontecendo.
Seriam perto das vinte horas.
O padre, esguio jovem dos seus vinte e cinco anos, carregava com ele desbotada pasta de couro de vaca, prenhe de livros. Viera dirigindo o Opala e, pelas vestes de ambos, jamais se diria tratar-se de dom Geraldo Faustino, bispo de Maralinga, e padre Antônio Jubileu, o mesmo que vencera na televisão, havia dois meses, o concurso "A Memória Prodigiosa".
De fato, a extraordinária memória do padre Jubileu levara-o, muitas vezes, a sentar-se, tranquilo, diante das câmeras, respondendo a indagações sobre "rios, montes e paisagens pátrias", no que se especializara, apesar de ter in-

timidade também com outros e mais variados assuntos. A memória do padre Antônio Jubileu — nas palavras de Batista Jordão — "segurava a cabeça dos fatos entre as mãos, enumerando-lhes até os fios de cabelos, quando assim o desejava".

Havia menos de seis meses ele se apresentara no programa *Os limites do possível* e lhe perguntaram:

— Por que, padre Antônio Jubileu, dom Geraldo Faustino é bispo exatamente em Maralinga? Vossa Reverendíssima, que sabe tudo a respeito de rios e paisagens da pátria, nos poderia dizer que relação têm com o bispo os montes Piracaios e o rio Jambaia?

— Nos montes Piracaios estão ainda as ossadas.

— De quem? — perguntou, entusiasmado, o entrevistador.

— De negros fugitivos, um grupo de oitenta.

A 14 de outubro de 1746 entraram no mato, ao pé dos montes. Cândido Justino Alvarenga, apelidado Cândido Canela Fina, chefiou o grupo. Breve, ergueram moradias, feitas com folhas de palmeiras, bambu, o que houvesse, o que aparecesse. Não se sabe por quê, todos morreram, de repente, machucados por estranha doença. Todos morreram! Todos morreram!

Silenciou. Os olhos fixos, como avistando montes longínquos. Após, qual subitamente desperto:

— Muitas das ossadas, porém, viram-se largadas sobre as pedras; outras jungiram-se, como em amplexo, aos ramos dos arbustos, hoje árvores centenárias dos montes Piracaios.

— Mas a Igreja sabia disso, ao fazê-lo bispo?

Calou-se, novamente. Padre Antônio Jubileu, o da Me-

mória Prodigiosa, revelou na face imensa tristeza. E foi sob essa tristeza, funda no magro rosto, que respondeu:
— A Igreja, infelizmente, conhece as almas. Jamais soube das ossadas.
O menino, que agora segurava a pasta de couro de vaca e que se mantinha ao lado, fora do alcance das câmeras, apoiou, com um gesto do dedo polegar, a afirmação de padre Jubileu. E o entrevistador, então, prosseguiu, com a voz ligeira de quem trata de amenidades:
— Que é mais importante, padre Jubileu, que é mais importante: as almas, que, conforme Vossa Reverendíssima, a Igreja conhece, ou as ossadas que, também conforme afirmação de Vossa Reverendíssima, ela jamais conheceu? Que é mais importante?
Resposta:
— As ossadas!
Entenda: largando as ossadas de súbito, tal qual aconteceu no sopé daqueles morros, os cativos não conseguiram subir até uma altura das serras onde ninguém mais os pudesse apanhar. Já não possuíam alma aqueles negros, desde muito não a possuíam. Minha opinião é esta: a alma deles, no momento, consistia em *somente subir até uma altura dos montes onde nunca mais pudessem ser alcançados*!
E, pensativo, inesperadamente sombrio:
— Almas!... Não se trata de almas. Trata-se de ossadas de negros fugitivos, oitenta, atacados em 1746.
— O senhor insinua que fazendeiros mataram os negros?
Respondeu, cada vez mais ríspido, quase irado:
— Em 1746 — repito — juntaram-se oitenta negros no sopé dos montes Piracaios. Quem sou eu para afirmar que

fazendeiros os mataram? Não é difícil entender: os negros deixaram de cumprir o dever, desprezaram o canavial, o eito, a senzala e enfiaram-se nos matos, ansiando os montes.

Não creio que fazendeiros os mataram; afinal, Cândido Canela Fina foi um péssimo escravo, e por que esquentariam bocas de armas à cata de uns cativos imprestáveis? Matou-os a fome, chegaram doenças, o frio, pois se transpuseram para o monte errado, o vizinho à cova dos Ventos. Então, veio o fim.

O entrevistador olhou-o admirado:

— O reverendo sabe imaginar...

— E devo deixar de imaginar? Se eu deixar de imaginar, as palavras abandonam-me a boca, pois que minha memória, desamparada da imaginação, desmaia de pudor, vergonha e, muito mais, nojo!

Arrancou o lenço do bolso, cuspiu nele, fixou calmamente o rosto do pálido entrevistador:

— Nojo!

Tais foram as respostas do padre Antônio Jubileu, secretário do bispo de Maralinga, que, ninguém supunha, já ouvira falar do frio.

Não, tal assunto não lhe poderia ser estranho! Havia menos de uma semana o bispo andava a visitar Cristiana, vilarejo situado pouco além dos montes Piracaios, quando lhe entregaram carta do dr. Ovídio Matos, rogando-lhe que viajasse, sem demora, até a sede do Movimento Participação, para ouvir depoimentos sobre novas aflições da raça, que, na boca dos jovens, tinham sido batizadas com o nome de *frio* ou *frialdade*:

Desejamos, Excelência Reverendíssima, falar, abrir o nosso coração.

Não sabemos, contudo, o que iremos dizer, pois, tratando-se de tais assuntos, julgamos velha
a nossa boca
para que traga
sem distorção
a nossa voz até vossos ouvidos.

Mas, após reuniões inúmeras, nos convencemos de que os velhos escolhem, no geral, caminhos curtos, o campo estreito, veredas (caminhos entre barrancos facilitam o apoio nas bordas...). É o que faremos. Diremos apenas de nossa vida, só de nossa vida. Julgue-nos Vossa Excelência Reverendíssima, que para isso é que vos convidamos.

Assinado: Ovídio Matos, presidente do MPN.

Dom Geraldo, por telefone, comunicou-se com dr. Ovídio, dizendo-lhe que, se fosse conveniente ao Movimento, chegaria na sexta-feira à sede, na alameda dos Jambos.

Por isso, a poucos quilômetros da Lundaré, perto das oito da noite, horário habitual das reuniões, pensativo, acompanhado do padre Antônio Jubileu, dom Geraldo Faustino saltava na alameda, dirigindo-se à sede dos "participantes".

Dr. Ovídio os esperava, postura solene, belamente engravatado. Na lapela do paletó de casimira cinzenta sobressaía o distintivo do Movimento: no centro de um círculo dourado, rubra semente de café, esmaltada. Gravado embaixo, cor verde: *MPN*.

Os "participantes" trajavam ternos pesados, escuros.

O do dr. Ovídio caía-lhe muito longo e, sobre os sapatos de verniz, as barras das calças desmaiavam, singularmente largas, ocultando-os quase de todo, devido ao seu tamanho diminuto.

Estavam com ele perto de vinte homens. A metade, pelo menos, já passara dos sessenta anos; os outros, que se mantinham alguns metros recuados do fundador, apesar de mais jovens, revelavam sobre as faces sombras muito velhas, tornando-se difícil desvendar quem mais vivera: os com acima de sessenta ou os que dele se distanciavam, respeitosamente, à espera do bispo de Maralinga.

Quando dom Geraldo transpôs o portão da sede e os pés calcaram o primeiro dos treze degraus da escada, a voz do Movimento saudou-o lenta, espessa, unida:

Irmãos!
Encostai-vos nos muros do Ocidente,
pintai-os com a tinta preta
de vossa pele!

E eles, olhos trancados a tudo o que se passasse em derredor, adiantaram-se, rostos graves, dez homens a cada lado, enquanto dr. Ovídio descia para recepcionar dom Geraldo.

No entanto, um dos "participantes", escapando-se dentre os demais, chegou até padre Jubileu e, cochichando-lhe ao ouvido, procurou saber a respeito do menino que quase sempre o acompanhava:

— Maralinga. Lá em Maralinga!

Delicadamente arredou de si o curioso, um preto magro, olhos pequenos e aflitos, o pixaim já mais da metade devastado. Sussurrou-lhe ainda, entretanto:

— Maralinga! A esperança mora em Maralinga!

O bispo, de diminuta estatura, sorria fraternal, humilde, abençoando primeiro dr. Ovídio, a seguir, o pequeno grupo silencioso. Abraçou, afinal, os "participantes", um por um, detendo-se, ladeado pelos demais, a conversar com o ancião José Quintiliano Silva, apelidado Cumbuca, o vovô do grupo. Falou a vovô Cumbuca, fixando-se nele num abraço longo:

— Cumbuca, basta a tua presença, basta; acertei em ter vindo!

Dr. Ovídio, à direita do bispo, sorria. À esquerda, padre Antônio Jubileu. Após, os outros homens, todos de gravata bordô, os sapatos luzentes. Nas lapelas, destacando-se do tecido dos ternos, o distintivo do Movimento.

Era 25 de outubro. Dom Geraldo Faustino ansiava saber dos fatos, conversar sem formalismo. Dr. Ovídio o conduziu até a sala, pintada de verde, enfeitada com gravuras ampliadas de Debret e Rugendas, cujas molduras, escuras e largas, solenizavam a nudez das paredes.

Dr. Ovídio continuava sorrindo, feliz. Breve iniciariam os primeiros depoimentos sobre a frialdade.

Pedro Garcia, o poeta do frio

A palavra de Laudino da Silva existe para ferir, levantar a mente de seus irmãos, a fim de que se ponham a forçar o caminho da igualdade, que, diga-se, é ainda entre nós mera ficção. Mas, até quando?

A notícia da presença do frio já corria, desde algum tempo, a coletividade. Na Toca das Ocaias tomaram-no como alegoria, lembrete do "desprezo, o desdém que sofremos há séculos". Os "Evoluídos" não opinaram: queremos ver o garoto! Não entramos nessa, assim, só por entrar. Mostrem o garoto, falaremos com ele; daí resolvemos.

No Grupo Malungo, acreditava-se na presença da doença. Alguns viram, outros até apalparam o braço magrelo do Josué, ouviram o craquejar dos dentes matraqueando:

— O malunguinho sofria, o malunguinho chorava, infernizado pela "gelidão".

— Enquanto a gente levava o malunguinho ao médico, apoiei-o contra meu peito. E, juro, gente, eu ouvi a ventania zunindo dentro da alma dele! Eu juro! Até gelei, de estar perto!

Laudino, ao lado do Zé Antunes, tornou-se o anunciador nº 2 do frio.

Falava de Josué: a maior prova da *melanoscrios* é o sumiço da vítima. Um malungo nesse estado não mostra a cara ao sol. Ele pensa que fede. É muita desgraça. Ele vira micróbio, anda no meio dos micróbios. Se o cara crê em Deus, sua reza só pode ser esta; Meu Deus, me descrie, me descrie! A zabumba do desespero bate na alma do infeliz. É isso!

Convivendo com os frequentadores da Toca e do Malungo, Batista Jordão logo soube das últimas notícias.

Por isso naquela noite, após jantar no Malungo e ter estado por bastante tempo abraçado ao calor de Ana Rosália, sentiu-se inquieto. Sim, urgia uma consulta às *Doenças africanas no Brasil*, do dr. Octávio de Freitas. Talvez partisse dali alguma elucidação.

Voltou cedo para casa, ligou o aparelho de som. Andava na fase do barroco mineiro, os mulatos que compuseram ao modo de Mozart, Haydn. Achava impróprio que se chamasse barroco a tal estilo; no entanto, pensou, é mais fácil num país onde o classicismo é impossível.

Lembrou-se da médica Joana Laureano, que havia poucos meses começara a reunir em sua casa jovens universitários negros para discutirem assuntos afros.

Joana Laureano arrebanhara um diminuto e seleto grupo, filhos de pais que, após demasiada luta, lhes conseguiram dar a faculdade e o carro. Diferentes dos meninos do Malungo, quase todos vivendo no meio proletário; diversos também dos que frequentavam a Toca das Ocaias ou dos "Evoluídos", pois os do VE — Vigilantes Escolhidos — se colocavam como os que, num futuro breve, deveriam liderar boa parte dos jovens afros, no momento — afirmava Joana Laureano — dispersos, confusos, sem dinheiro. Elitistas, o que quer que fossem, os Vigilantes Escolhidos existiam e, à sombra de Joana Laureano, o pequeno grupo aceitava a ideia de que, em meio à confusão, lhe caberia mostrar juízo, equilíbrio, preparar-se, enfim, para assumir. Não se imiscuir com os grupos motivados por ideias de esquerda e que poderiam pôr tudo a perder!

Batista Jordão sentia-se solitário como nunca. A desesperança entrara na sua alma. Não sabia o que opinar sobre o frio.

Autor de três livros de poemas, estudado por brasilianistas, versos citados em estudos de catedráticos de sociologia, na tentativa de elucidar o caminho afro, a senda negra, como diziam os "Evoluídos", Batista Jordão queria opinar, achava que devia opinar sobre o frio.

Já havia consultado, naquela noite, seus cadernos de notas. Mas de outra fonte dispunha agora, pois mandara encadernar sua pequena coleção de jornais da Imprensa Negra, pequena, mas valiosa, pois dela constavam números de *O Menelick*, de 1916, *O Alfinete, Liberdade*, dez números de *O Clarim da Alvorada* e três de *A Voz da Raça*, de 1933.

Antes Batista Jordão, com algum fastio, costumava folhear números solitários de sua coleção, nos muitos momentos em que gostaria de, sinceramente, voltando ao passado, estar com seus irmãos de almas tão mais simples, adoradores do discurso e do verso à Castro Alves ou entre os que, na Imprensa Negra, tinham andado quase sempre nas trilhas do parnasianismo: Gervásio de Morais,[8] ou o insuficiente Lino Guedes,[9] que tanto o emocionava.

Algo, porém, acabava de descobrir. Estremeceu. Ah, se aparecesse alguém! Se aparecesse alguém, Batista Jordão comemoraria, sem dúvida, tal descoberta. Encontrara, ao acaso, em página amarelecida de *A Voz da Raça*, Pedro Antônio Garcia!

— Quem foi ele? — interrogou-se desalentado. Quem foi Pedro Antônio Garcia? Leu de novo:

Frio, frio, frio,
nos exilaram
nas terras do frio.

Não foi fácil, mas Batista Jordão conseguiu, passados alguns dias, saber algo sobre ele. Por exemplo, onde nascera e se criara, em que época tinha vivido, em que ano começara a publicar seus poemas. Deu-lhe informações Roque Patrocínio, do Movimento Participação, que militara bastante tempo na Imprensa Negra e conhecera um tanto da vida de Pedro Garcia.

Lembrou-se, pois, de Joana Laureano. Não o convidara para seu grupo, mas, por isso mesmo, lhe anunciaria a sua descoberta. Proporia ao VE que o chamasse para expor, discutir com eles. Não sabia se haviam tomado conhecimento da frialdade. Grupo exclusivo, que se propunha como uma iniciante "elite negra", se soubessem do seu anúncio, o mais aceitável é que, no mínimo, afastariam a ideia como inoportuna. Escreveu, contudo, aos "Vigilantes" um breve comentário sobre o frio, como fuga à solidão daquela noite quente, demasiadamente prolongada, em que ninguém aparecia. Escreveu que "O frio não saltou de repente da boca da ventania, nem se apegou ao ar, qual verme gélido, sugando-lhe a umidade. Não foi assim. Já havia notícias dele nas publicações que a partir de 1890[10] apareceram para encaminhar a coletividade nos rumos do equilíbrio, bem-estar e respeitabilidade.

Quando Pedro Antônio Garcia, convicto parnasiano, rompeu com os regulamentos da escola — rima rica e nobreza obrigatória dos termos —, para dizer com versos mancos, frouxos:

Eu vago toda noite, vago, vago
pela cidade, retraído e mudo,
caiu-me, inesperado, n'alma o frio;
vejo-o sentar-se à porta do meu peito
e eu penso no calor das plagas d'África!
Nesta minha alma o frio já envelhece,
sentado, sempre sentado
à porta do meu peito!

Quando rompeu com os cânones da escola, repito, pôs-se a testemunhar, simplesmente, o frio.

Pedro Antônio Garcia morreu na miséria. Falou e escreveu por doze anos sobre o frio. E os versos se comportaram mal; e palavras de cunho quimbundo, alforriadas, começaram a visitar, com extraordinária frequência, os seus textos. E, sem vergonha do étimo africano, surgiam batucando sobre o chão onde imperara, por dilatado tempo, o soneto alexandrino. Mas a palavra *frio*, mesmo assim, continuava a invadir-lhe os poemas, sibilando entre os destroços dos versos de pés-quebrados, outrora tecidos sob os regulamentos rígidos do Parnaso.

Nos jornais, de 1920 a 1932, os versos de Pedro Antônio Garcia. Nos jornais — sobretudo em *A Voz da Raça* — os inúmeros sintomas de que havia frio e o frio secava, engordava o desencanto, separava os grupelhos em associações românticas, tolas. E ele denunciou-o por doze anos, meus amigos. Hoje vemos Zé Antunes tentando provar, indo à televisão, levando declarações aos jornais, acorrentando-se ao ridículo."

Na reunião seguinte do VE, Joana Laureano mostrou o texto de Batista Jordão. Estavam reunidos em sua sala perto de dez jovens, cabelos afros, limpos, educados. Gostavam de literatura, quase todos.

Alguns liam em francês ou inglês, citavam LeRoi Jones, Nikki Giovanni, Baldwin. Sabiam muito pouco dos autores negros do país, que, opinião geral do VE, se haviam tornado, a maioria, subproduto de escritores africanos de língua portuguesa ou francesa. Acusavam-nos também de tentar, desesperadamente, inserir no meio da pequena vida literária da comunidade o pensamento extremado de alguns autores americanos, protestando, anacronicamente, para a situação, com o tom e a ira de um Langston Hughes, ou escrevendo, já em inglês:

Baby, set fire
to that useless sky![11]

Joana Laureano, esguia, elegante, soltou a folha que acabara de ler sobre a mesa estilo Luís xv. Via-se à sua esquerda o piano de meia-cauda, fabricação Zeitter & Wickelmann; à direita, sóbria, a estante alta e escura, em que se aninhavam, em perto de quinze volumes, todos os saberes sobre a arte visual africana.

Joana Laureano era rica, bonita, anfitriã fina. Recebia embaixadores africanos e figuras importantes ligadas à questão negra que chegassem de outras regiões do país ou do exterior. Um tanto menina, um tanto ingênua, demais vaidosa, tudo isso em meio a uma adorabilíssima insegurança. Joana Laureano...

Os olhos graúdos, por onde vadiava ultimamente muita melancolia, detiveram-se, por poucos instantes, a contemplar os jovens silenciosos. Avançou alguns passos para a esquerda, pousou a mão sobre a testa brilhosa do piano, esperou a reação dos presentes:

— Literatura, como sempre. Os poetas... que sabem os poetas?

— Fazer versos — respondeu José Otávio —, o que mais adorava Joana Laureano.

— Engano, José Otávio. Os poetas, muito mais que fazer versos, sabem acreditar. Aliás, esta página veio apenas a título de colaboração, para que a discutamos, já que Zé Antunes, seu absurdo, está-se tornando entre nós assunto obrigatório. Mas, reafirmo, os poetas sabem acreditar e acreditam, acreditam sempre em tudo!

Exibindo ainda a mão sobre a tampa do piano, pôs-se pensativa.

Tinha-as pequenas, cobertas de uma escuridão maravilhosa. Falou:

— Não admira que Batista Jordão, autor tão falado de *Várzea da mansidão*, se diminua, por sua vez, sob este lamentável engano. E assim nossa história continua. Os mais bem-dotados, que poderiam atuar com clareza, bom senso, equilíbrio, assumem posições incríveis! É uma pena!

Discutiram a página do Jordão, acharam que havia pouco a se dizer sobre ela. No entanto, a maior parte do ve o conhecia, alguns até o admiravam: seu verso enxuto, antirretórico, contrapondo-se à palavra larga de Laudino, "prenhe de húmus negro" — na expressão de um estagiário de jornais, que escrevera havia poucas semanas, no semanário esquerdista *O Punho*:

> Este é o poeta: Laudino da Silva. Contrapõe-se ao esteticismo, por exemplo, de Antônio Batista Jordão, de *Várzea da mansidão*, ou às antiguidades poéticas, retiradas do baú romântico de Francisco Lima.
>
> A palavra de Laudino da Silva existe para ferir, levantar a mente de seus irmãos, a fim de que se ponham a forçar o caminho da igualdade, que, diga-se, é ainda entre nós mera ficção; mas, até quando?
>
> A palavra de Laudino da Silva, "prenhe de húmus negro", tem nutrido toda essa geração de jovens afro-brasileiros que acreditam no poder da literatura, acreditam que ser poeta é também vocação, meio de luta.

Não houve, pois, muito interesse pela descoberta de Jordão, feita em *A Voz da Raça*. Não o chamaram para aclarar mais o poeta em cuja alma "o frio já envelhecia, sentado, sempre sentado, à porta do seu peito", o primeiro autor negro, no século xx, que tentou dizer ao país que se achava exilado "nas terras do frio".

Enviaram, porém, a Batista Jordão uma carta amável, em nome do VE, agradecendo a comunicação, que talvez ajudasse no futuro.

O poeta entristeceu-se. Uma pena. Tantos jovens afros sensíveis entre os de Joana Laureano. Sem dúvida, conhecia os poderes da solidão, seu duro punho.

Arquivou a carta entre seus papéis, na pasta larga de couro que guardava sobre a estante com livros, perto de trezentos, todos referentes à raça, à sofrida raça ameaçada pelo frio.

Sim, houve muitas geadas

Não existe o frio! Zé Antunes impressionou alguns, falou aos jornais, abriu os braços nas praças, nas ruas, empurrando a voz até os ouvidos da cidade. Apareceram, então, os primeiros casos de frio.

O Movimento Participação começara mais uma de suas reuniões das sextas-feiras.

Após a saudação "Encostai-vos...", sentaram-se todos, silenciosos, aguardando o rumo que dariam àquela noite, presentes o bispo coberto de lendas e o padre de memória prodigiosa.

Dr. Ovídio, às vezes, inesperadamente, via suas palavras tropeçarem gagas dentro da boca. Por isso preferia que, para aquele momento, Antão Xavier iniciasse a sessão — fez-lhe um aceno com a cabeça —, até que dominasse toda a emoção pela presença dos visitantes.

Falou Antão Xavier:

— Creio que é da vontade de nosso fundador, presidente e irmão, que não nos demoremos em histórias particulares, mas, sim, tentemos oferecer à coletividade o nosso testemunho ditado tão somente pelas nossas vividas experiências. Falam do frio. De repente, falam do frio...

Olhou a noite por alguns instantes. Pareceu tremer. Após, voltando o rosto, com a mão esquerda no bolso do paletó cinza-escuro:

— Convidamos, para estar conosco, nesta noite, dom Geraldo Faustino, o bispo de Maralinga, e padre Antônio Jubileu, o da Memória Prodigiosa. Honra-nos esta visita, mas, acima da honra, sobressai o fato de que chegou o momento histórico de, perante a Igreja e perante a memória nacional, nós, os do Movimento Participação Negra, falarmos.

Já ofegante, parou. Era mulato de mãos compridas, que jogava agora no ar, como abrindo caminho para o seu discurso.

— Quem entre nós acredita no frio? Dizem que apareceu na cidade um caso de frio. Que é o frio, irmãos de raça?

Dom Geraldo Faustino, então, inesperadamente levantou-se. Um homem pequeno, olhos tristes, magro, diminuto. Trajava terno azul, cintava-lhe o pescoço o branco colarinho eclesiástico. Trazia na cabeça um pequeno barrete vermelho, em forma de calota, o solidéu, que demarca o bispo do simples padre.

Falou, e sua voz se apresentava coberta de mansidão:

— Desci, irmãos, dos montes Piracaios. Acompanhou-me, como veem, padre Antônio Jubileu. Vim, cheio de prazer, para estar com os senhores, que, na sede deste Movimento, continuam a resguardar a tradição, os valores. Sou um bispo e sei que muitos sorriem, chamando-me "bispo de Maralinga". Mas sou um bispo da Santa Mãe Igreja e neste momento difícil é obrigatória a minha presença. Foi necessário que eu descesse dos montes, meditasse, na escuridão, a investida do frio... O frio, que há séculos habita nesta pátria, salta agora da alma dos nossos irmãos, pondo nos rostos trejeitos, nos corpos, tremores, na boca, o ranger. Vim, desci dos montes Piracaios, para verificar o que é que a experiência dos senhores confirma. Eu, bispo, vim para perguntar: que significam, irmãos, os casos de frio?

Ergueu-se reto, seco, áspero, José Leopoldino Leme, que exclamou:

— Excelência Reverendíssima! Não existe o frio! Não existem os casos de frio! Zé Antunes impressionou alguns, falou aos jornais, abriu os braços nas praças, nas ruas, empurrando a voz até os ouvidos da cidade. Apareceu, então, o primeiro caso de frio.

Desculpe-me, Vossa Excelência Reverendíssima, a minha intervenção. Ocupo cargo na Confraria de Nossa Senhora do Rosário dos Homens Pretos Libertados, advogo, foi difícil conter-me. Desculpe-me.

Dom Geraldo Faustino pediu ao advogado que se sentasse. José Leopoldino, com o rosto suado e brilhoso, olhou em torno, buscando apoio. Dois dos "participantes", com um aceno de cabeça, ofereceram-no: Júlio Pelegrini e Antônio Paiva.

E dom Geraldo prosseguiu:

— Sim, José Leopoldino, não desconheço a atuação

do José Antunes, suas entrevistas, sua palavra semeada junto à comunidade. Os senhores, no entanto, estão a par, há pelo menos cinquenta anos, dos fatos, os sintomas, as mudanças. Os senhores podem comparar. Comparar o que foi com o que hoje é. Desci dos montes Piracaios para saber de vovô Cumbuca, de Roque Patrocínio, de Antônio Paiva, de Antão Xavier o que sabem do frio, se creem na sua existência, onde se ocultou todo esse tempo, se, de fato, existe.

Os "participantes", nos rostos emoção e orgulho indisfarçáveis pela presença do visitante ilustre, contemplavam dom Geraldo como a um filho cujo destino seguiam às ocultas, a fim de saber se adivinharam o destino traçado por eles, o pai, no antigamente. Tinham, portanto, os olhos postos nos seus gestos e acompanhavam, serenos, o caminhar de sua palavra na pequena sala trajada de estampas, recortes de jornais, antigos retratos.

E dom Geraldo voltou-se para vovô Cumbuca. E havia na sua voz o quente de velhas intimidades:

— Vovô Cumbuca, amigo, "irmão" do meu avô. Sim, mais do que amigo, "irmão". Vovô Cumbuca, que me deu a mão quando, moleque, não sabia onde botar a força do meu corpo. Eu cresci na casa de seu pai. Vovô Cumbuca, fale-me, como se me aconselhasse nos velhos tempos, fale-nos do frio.

Tentou levantar-se, com dificuldade, vovô Cumbuca. Dom Geraldo pediu que se mantivesse sentado, desse seu testemunho como chefe, como avô do grupo, apoiado tão só no bordão da experiência dos seus noventa anos.

Dom Geraldo caminhou até ele, pousou-lhe com suavidade a mão no ombro, sugerindo: fale-nos dos fatos, da vida.

E vovô Cumbuca falou:

— Sou um velho, Excelentíssimo, um velho. Aqui venho conferir com os amigos minhas lembranças. Bebo, reunido a eles, o meu chá com bolachas, recordamos datas; eu gosto de todos. Sou um velho, um negro velho que já muito viu, pelejou e, afinal, se calou.

Os olhos míopes fixaram o ar da sala, contemplando o passado, que se diria estar desfilando diante dele. Após seguiu, muito lento:

— Houve geadas em 1918. Eva, a avó de Vossa Excelentíssima, trocou por cobertores as terras recebidas de Sinhazinha. Houve muita geada. Muito moleque caiu enregelado nas estradas e ali começou a dormir para sempre. Sei de geadas, colheitas perdidas, os negros chorando, o patrão nos talhões, olhando cego, desgovernado. Sei de geadas, os cafezais carecas, os colonos mudando, puxando, após si, a filharada. Assim partiu de "Sinhazinha" o pai de Vossa Excelentíssima, quando nós, em Cristiana, vos demos pouso. Tenho noventa anos, Excelentíssimo. Não se compara a situação de hoje com a de antigamente. Disseram-me, já antes, que eu devia falar a Vossa Excelentíssima. Vosso pai foi cria do meu pai, chegou molequinho, vi Vossa Excelentíssima nas fraldas, impossível esquecer aquela madrugada em que Vossa Excelentíssima nasceu.

Silenciou. Mantinha a cabeça erguida, os olhos como que interrogando a semiescuridão da sala. Após procurou, voltando o rosto, o bispo de Maralinga.

— Disseram-me: fale tudo, afunde o pensamento no

antigo, no vivido e sofrido. Noventa anos tem vosmecê, vovô Cumbuca; seus olhos podem, se quiserem, desviar-se de tudo, pois já viram muito, mas, nesta urgência, é preciso explicar direitinho como as coisas foram e são... assim me falaram.

Calou-se, de novo; empurrou um pigarro da garganta e seguiu, sob a atenção centrada dos demais:

— Assim me falaram... Sim. Mas sou um velho, Excelentíssimo. Bebo, com os que sobraram, o meu chá com bolachas, conversamos, comemoramos os nossos grandes homens. Uns deles, Excelentíssimo, se visitassem o nosso tempo, não se sentariam junto desta mesa, nem entenderiam o significado do nosso lema. Mas gente nossa, Excelentíssimo, gente nossa.

Sorriu, com alguma malícia, fitando José Leopoldino:

— Luiz Gama, dizem que andou pela maçonaria; e o nosso esplêndido mulato Machado de Assis detestava presença de padre; mas... o frio; devo falar do frio.

Voltou-se para dom Geraldo, que, com um olhar afável, o animava a prosseguir. Falou, voz muito baixa:

— Sim, houve naqueles tempos muita geada, fortes geadas. Muita geada...

As mãos de vovô Cumbuca tremiam. E no interior do silêncio se poderia ouvir, no topete dos cafezais punidos, o ruído noturno das gotas de gelo. Vovô Cumbuca expusera o que sabia.

No rosto velho os olhos, entre as rugas, fixaram Antão Xavier, à sua frente, um tanto espantados. Logo após dormia, com a cabeça pendida sobre a toalha de linho.

Branco, velho, rijo: o frio

Dra. Joana Laureano, que é isso de frio?
Dizem que a senhora pôs amigos seus no encalço de um pretenso friorento, digo, doente. E está havendo pânico. Dra. Joana Laureano, dra. Joana Laureano, até a senhora?

Na manhã da mesma sexta-feira em que o bispo de Maralinga visitaria o Movimento Participação, Zé Antunes corria os bairros, desesperado, em busca de Josué. Pedira a Laudino que pusesse no mesmo caminho o pessoal do Grupo Malungo, a fim de descobrir o malunguinho atacado pela, agora, indisfarçável moléstia. Estivera na sede dos "Evoluídos", na véspera, falara-lhes da importância do corpo presente de Josué, insistira com eles que, mesmo não aceitando ainda a presença do frio, deviam, solidários, ajudar a encontrar o primeiro sofredor de tal molestamento. A observação rigorosa da vítima e, após, a rápida detenção da doença seriam cruciais para a comunidade negra — nela os "Evoluídos" — e para todo o país.

— Deu o sumiço! Estive com a tia do garoto, no bairro da Baixada; disse que o Josué simplesmente sumiu, e ela não sabe como!

Zé Antunes, que não aceitava Joana Laureano, ousou telefonar-lhe naquela manhã. Pediu à médica que, por amor de Deus, arregimentasse alguns dos seus meninos que tivessem carro, para procurar o Josué.

— Por amor de Deus, doutora!

E tal era o desespero e tanto a insistência do Zé Antunes a perturbou que a idealizadora dos Vigilantes Escolhidos resolveu telefonar a José Otávio, Mário Pinto e Darcy da Silva, pedindo-lhes que fizessem um grande favor: ir atrás de um crioulinho fortemente resfriado, trajando roupas extremamente extravagantes, que fugira de casa e ninguém sabia onde encontrá-lo... Ah, perguntassem, aonde se dirigissem, à sua procura, perguntassem por Josué Estêvão, boy de um dos bancos da cidade.

O diretor da TV em que Lucas Ferreira trabalhava exigia, a qualquer custo, a presença de Josué na entrevista do Zé Antunes:

— Sem o garoto!? Corta! Falação por falação a gente deixa a *Comissão Semanal* com os canos entupidos e os telefones mudos. O garoto ou malunguinho, como dizem vocês, Zé Antunes! Mostra o moleque, mostra a tremeção dele, os dentes dele dançando na boca, mostra a peça, bem mostrada, se não... tudo vira bobagem! Mostra o garoto, se não, nada feito!

Zé Antunes cansara-se. Lucas Ferreira, por sua vez,

via-se também em apuros: ele apresentara Zé Antunes ao Canal, defendera mesmo a necessidade e o ganho com o depoimento do descobridor da frialdade.

— Haverá audiência triplicada. Garanto. Senão não sou Lucas Ferreira! — falara ao gerente da emissora.

Telefonara, na véspera, para o escritório onde, desde algum tempo, trabalhava Zé Antunes.

— Achou o garoto?

— Nada. É da doença...

— Olha; o pessoal parece que vai esfriar, parece que sem o garoto não interessa nem um pouco o frio. Acha ele, Zé Antunes! Explica à comunidade que é interesse da raça. Acha o garoto, Zé, senão meu conceito se abala e eu também vou entrar no frio...

— Estou revirando a cidade, procurando o malunguinho. Mas ele sumiu!

Assim, à cata do boy Josué Estêvão, a ideia de que zanzava por aquelas ruas ou ocultava-se em algum lugar um neguinho atacado pela frialdade agarrou o pensamento de muitos escuros, pardos e mulatos da coletividade. Em poucas horas, José Otávio, Mário Pinto e Darcy da Silva, com seus carros e prestígio percorrendo os bairros proletários, chegavam, bem-vestidos, perfumados, cabelos black, perguntando, desajeitadamente:

— Conhecem Josué Estêvão?

— Que Josué Estêvão?

— Um crioulinho doente. — E, para instigar o interesse do interrogado, acrescentavam: — Dizem que está dando por aí uma doença chamada frio que só pega crioulos.

O cara treme, bate os queixos, chora, geme e, no fim, some... Só dá em crioulos!

Ora, nos bairros proletários morava ainda, como uma nação, um número muito alto de negros e mulatos que não tinham conseguido galgar o mínimo degrau na escadaria da sociedade, apesar do suadíssimo esforço.

E em certas ruas, por exemplo, da Vila Mulungu, ao norte da cidade, havia bandos de negrinhos donos das ruas, das safadezas, das proezas, do grito, do riso, do choro, da fome, de tudo! Um mundão negro, como se o ventre da África despejasse na Vila, desde séculos, centenas de molequinhos, a cada mês.

Darcy da Silva falou a um deles, um molequinho simpático, de pernas roliças, e que admirava o carrão da negra bonita:

— Ei! Você, que parece tão esperto, viu passar por aqui um neguinho fugindo?

— Fugindo do quê, dona? Da polícia?

— Do frio, neguinho! Escuta, entra aqui.

O molequinho entrou no carrão de Darcy. O molequinho tinha cheiro de vida solta, de ventania; era dócil, valente, sentimental, medroso, estava aprendendo no Grupo Escolar o Hino Nacional, tinha cinco irmãos, duas marcas de feridas na perna (duas pedradas), de brigar com os moleques; levantava as saias das menininhas, se descuidassem; gostava, o sonso, de espiar quando elas se agachavam para admirar suas calcinhas; não gostava de ir ao catecismo, mas a mãe dizia que "negrinho e sem religião decente não pode"; e Darcy falou:

— Está dando por aí uma doença que só pega crioulinhos...

Porque não se reagira imediatamente ao frio que se apegou viscoso no corpo e na alma do menino Josué; porque prosseguiram inalteradas a confusão e a desunião exemplares instaladas desde muito entre os membros da comunidade; porque se dera demasiada importância a quartéis-generais do pensamento negro com sede em bares e restaurantes, sem a mínima tentativa de incursões longamente meditadas à "cidade dos brancos", mesmo que para mensurar in loco sua indiferença, desaparecido o Josué, sem demora o frio, começando com o respiro de uma quase impercebível brisa, pôs-se a soprar, livre, sobre o "território negro". E, logo, palpáveis, os sintomas.

Pretos luzidios, senhores de músculos duros como nós de corda, mostraram-se nas ruas, submetidos a tremuras inimagináveis, gelidez, o olho morto, vertendo água, sem palavras para explicar o mísero estado. Nas bocas, só silêncio. Na alma, ah, na alma o frio, berrando o seu grito de mando.

Branco, velho, rijo, o frio envesgava-lhes os olhos, a cidade virava tropeço, a vida se tornava vexame, o jeito era, se possível, desnascer, ser descriado... O mal soltava bafos de loucura, vergava o dorso da vítima rumo ao nada, microbiava, submicrobiava, besta e cruelmente. Os rigores demasiados do frio!

Em poucas horas, o medo invadiu o "território negro". Apareceu na Vila Mulungu, espantando os molequinhos, encurralando-os nas casas, tolheu-lhes o grito, o riso, o choro, arrasou-lhes as safadezas. Domou os molequinhos que as mães não aturavam, domou-os com suas garras, que em breve atacavam no Bosque das Viúvas, na Nova África, na Vila das Belezas e viravam as mesas do Bar Malungo e deixavam às moscas a Toca das Ocaias. O "território negro" penava, infernizado pelo bafo da misteriosa doença.

    Joana Laureano, tentando repousar após o almoço, sonhou pesadelo pavoroso. Muros! Para livrar a coletividade do frio, haviam levantado muros! O seu bairro, por exemplo, Jardim Renascença, achava-se demarcado por muros, silenciosos, intransponíveis, cascas espessas de treva.

    Acordou assustadíssima, com a campainha do telefone trilando. Era Antônio Lúcio, um dos componentes da *Comissão Semanal*, que se formara em medicina, no mesmo ano e na mesma faculdade da doutora. Falou-lhe, com a voz aflautada e macia:

    — Dra. Joana, que é isso de frio? Dizem que a senhora pôs amigos seus no encalço de um pretenso friorento, digo, doente. E está havendo pânico. Dra. Joana Laureano, dra. Joana Laureano, até a senhora?

    Desgovernado, Zé Antunes assistia à frígida investida. Lucas Ferreira, amedrontado, não sabia se acreditava, mesmo diante do que estava presenciando.

    Viu um caso de frio: um negro magrelo, ainda moço, cabelos grisalhos, olhos mortiços fixados no nada. Um mendigo errante, buscando refúgio. E havia sol, um sol que berrava sua luz, borrando de ouro e prata os prédios, as praças, toda a cidade.

    Lucas Ferreira, no seu Opala novo, passava pela praça

Alegria; no toca-fitas Roberta Flack soluçava "Bridge over Troubled Water".

Fitou o friorento, pensou: "É teatro! Impossível! Meu povo só pode estar encenando...".

Divisou, porém, vagando no meio do ouro do sol, outros negros tremedores. Em pé, à porta da padaria, o saquinho de leite na mão, o pão sob o braço, o homem esguio, calça amarela, mulato claro, teria no máximo quarenta anos. Fitou-o melhor: o homem mantinha-se estático, mas, em breve, começou a tremelicar. Sim, tremia, sim, o saquinho de leite na mão tremia, a boca do homem, dura e seca, já aturava — mísera! — a presença do frio. Triste boca!

— Estou vendo o frio! — segredou para si mesmo Lucas Ferreira —, estou vendo o frio!

Entre essas descobertas e a chegada dele ao canal se passaram perto de quarenta minutos. Convenceu-se, afinal, de que não podia mais duvidar.

Por que insistir em Josué Estêvão? Por quê? Eu vi o frio! Antes do Zé Antunes, eu vi o frio!

Feira do Desdém

Zé Antunes, dizem que sumiram com ele.
Quem sumiu com ele? Como?! O frio? Mas, provou-se que o frio... O frio, o velho, alvo e impiedoso frio...

Eram onze da noite. O frio iniciara suas andanças à tardezinha do dia 25 de outubro.

Em poucas horas, pois, visitou, com seu bafo seco e alvo, a comunidade toda. E os sintomas se repetiam: a vítima sumia, após o tremor, o desamparo, o desespero por enroupar-se, tamanha se tornava a gelidez.

A vítima se escondia; se falador, silenciava; após desaparecia, qual se aninhasse nos bueiros, com os ratos.

O frio atacou, claramente, até as vinte e três horas e dezenove segundos daquela sexta-feira. Súbito, por motivos ignorados, virou água. O céu desabou de chuva, que lavou a cidade, até a madrugada. E um vento persistente começou a soprar sobre as ruas molhadas.

De manhã, o grito dos moleques na Vila Mulungu, Bosque das Viúvas, Nova África, Vila das Belezas, chamou a Esperança e a Alegria, para distribuí-las de novo entre os habitantes do "território".

À tarde do dia 26, sábado, houve reunião do Grupo Malungo. Sem Laudino, que, afirmavam, viajara para expor suas ideias, seu conceito de Afro-brasilitude.

E, na Toca das Ocaias, serviam-se vatapá, acarajé, bebia-se aluá. E os rapazes de black riam-se. E o Malungo Zezeco levou o violão, Maurinho, o surdo, surgiu uma cuíca e o samba domou o ambiente até a madrugada daquele domingo.

O bispo de Maralinga, padre Antônio Jubileu...

Ó Maralinga, ó montes Piracaios, ó ossadas de oitenta negros fugitivos, minados em 1746 por estranha moléstia!

— Que ou quem os matou? — perguntava sempre padre Jubileu. — Quem? A suifa, o subiá, o dracúnculo, o ainhum? Que os matou?

— Sabe, padre Antônio Jubileu, eu já fui pesado na Feira do Desdém — falara dr. Ovídio, na véspera, na reunião do Movimento. — Eu era menino, vivi em Tuim, prolongamento de Vila Megera. Vila Megera, megera... À noite dormia no paiol, sempre com as pulgas. De repente, apareci, já moço, desapoiado do mundo. Em Tuim fui mensageiro, andador de muitas vilas: Boava, Poangaba, das Luzes, Morena. Fui útil e, com esforço, crescia. Então souberam de mim: eu amarrara meu destino e me safava. Fui então pesado na Feira do Desdém, isso, Feira do Desdém...

— Onde esta feira? — indagou Cipriano Silva. — Onde?
— Por aí, por aí — respondeu dr. Ovídio. E havia em sua voz o hálito da plena indiferença.

Tal foi o primeiro, único e visível aparecimento do frio.

Zé Antunes, dizem que sumiram com ele.
Quem sumiu com ele?
Como?! O frio?
Mas, provou-se que o frio... O frio, o velho, alvo e impiedoso frio...

Notas

1. "A carne é triste e eu li todos os livros, todos!" In: *Poetas de França*. Trad. de Guilherme de Almeida. São Paulo: Companhia Editora Nacional, 1936.
2. Poeta negro, nascido no Recife em 1908, e morto no Rio de Janeiro em 1974. Escreveu como poeta popular, social, em linguagem simples, temas bastantes vezes de religiosidade afro-brasileira. Livro seu já em várias edições é *Cantares ao meu povo*, publicado pela primeira vez em 1961. Tornou-se famoso seu poema "Trem sujo da Leopoldina".
3. Publicação mimeografada da década de 1970, editada pelo poeta negro Jamu Minka (José Carlos de Andrade). *Árvore da Palavra* foi, por algum tempo, o único jornal da Imprensa Negra em São Paulo.
4. Imprensa alternativa feita por negros, cujo início pode ser datado a partir de 1833, com a publicação de *O Homem de Cor* (Rio de Janeiro, Tipografia Fluminense de Brito & Cia.), nome alterado a partir do terceiro número para *O Mulato ou o Homem de Cor*. O negro Francisco de Paula Brito, iniciador do movimento editorial no Brasil, foi o proprietário da mencionada tipografia. Foi a partir de 1890 que apareceram em São Paulo as primeiras tentativas para o estabelecimento de um jornalismo a serviço da coletividade negra da cidade, com "as publicações *A Pátria*, órgão dos homens de cor; *O Propugnador* (1907), órgão da Sociedade Propugnadora 13 de Maio, composta por homens de cor e que tinha entre seus objetivos a criação de aulas primárias diurnas e noturnas para seus associados" (Heloisa de Faria Cruz, *São Paulo*

em papel e tinta: Periodismo e vida urbana — *1890-1915*. São Paulo: Imprensa Oficial do Estado, p. 129).

Esses jornais foram seguidos em 1911 por *A Pérola* e *O Menelick*. Após essas duas publicações, ano a ano apareceram outros títulos, como a *Princesa do Oeste* (São Paulo, SP); *A Rua* (São Paulo, SP, 1915); *O Xauter* (São Paulo, SP, 1916); *O Bandeirante* (Campinas, SP, 1918); *União* (Curitiba, 1918) e *O Patrocínio* (Piracicaba, SP, 1924). Nesse mesmo ano, Jayme Aguiar e José Correia Leite fundaram *Clarim da Alvorada*, cujas atividades foram suspensas em 1933. *A Voz da Raça* (1933-7), órgão do movimento Frente Negra Brasileira, dirigido por Raul Joviano do Amaral, visava formular uma doutrina social para a Frente. Em 1946, apareceram *Alvorada*, dirigida por José Correia Leite; *Novo Horizonte*, por Ovídio Pereira dos Santos, sendo redator Aristides Barbosa, e a revista *Senzala*, por Geraldo Campos de Oliveira. Em 1960, *Ébano e Niger* (órgão da Associação Cultural do Negro).

Os jornais que representavam o pensamento da coletividade negra variavam segundo a múltipla experiência do negro na vida brasileira. Alguns ficaram apenas no nível de contar notícias sobre um pequeno grupo de amigos; outros alcançaram um alto nível de exposição de ideias; outros, ainda, se propuseram ilustrar e preparar o negro para o livre debate e procurar soluções dos problemas comuns sentidos pela coletividade.

Segundo levantamento do estudioso Ubirajara Damaceno da Motta, que em 1986 defendeu dissertação de mestrado em comunicação social com o trabalho *Jornegro — Um projeto de comunicação afro-brasileira* (Universidade Metodista de São Paulo), de *A Pérola* até a publicação *Movimento André Rebouças* (Rio de Janeiro, 1985), a Imprensa Negra perfez 84 títulos. Boas fontes de consulta, além da tese de Ubirajara da Motta, são os estudos de Roger Bastide, *A Imprensa Negra do estado de São Paulo*, que compõem a segunda parte do livro *Estudos afro-brasileiros* (São Paulo: Perspectiva, 1973) e *Imprensa Negra*, fac-símiles de jornais com um estudo crítico de Clóvis Moura e legendas de Miriam N. Ferrara, editados pela Imprensa Oficial do Estado, em 1984. Em 2002, esses fac-símiles foram reeditados pela mesma Imprensa Oficial.

5. O texto é transcrição, levemente alterada, do livro *Bragança — 1763- -1942*, de Nélson Silveira Martins e Domingos Laurito (São Paulo: Mario M. Ponzini e Cia., 1946. Coleção São Paulo através da História, v. III).

6. Por ignorância ou má-fé, o inventor da palavra *melanoscrios* se enredou em alguns equívocos. *Melanos* significa tão somente preto, escuro, sem conotação alguma racial. Em consequência, o frio acaba sendo preto, enquanto no texto se afirma o tempo todo que é branco. Deu também à palavra *melanos* um dativo que não existe em grego: *melano*, mas é como seria em latim se a palavra fosse latina.

7. Extraído de um comentário do jornalista negro Odacir Matos a respeito do livro *O carro do êxito*, do autor. Odacir refere-se, sobretudo, ao menino negro que toca oboé, no conto do mesmo nome.

8. Pouco se sabe de Gervásio de Morais. Poemas seus, de feitio parnasiano, apareceram em alguns jornais da Imprensa Negra na década de 1930. Publicou, em Santos, em 1943, o livro de contos *Malungo*. Morreu prematuramente.

9. Lino Guedes (Socorro, SP, 1897-São Paulo, 1951) é considerado o iniciador da negritude no Brasil. Teve poemas estampados nos jornais da Imprensa Negra paulistana, nos anos 1930 e 1940. Estreou com o livro de versos *O canto do cisne preto* (1927), seguido de *Urucungo* (1936), *Negro preto cor da noite* (1936), *Vigília do pai João* (1938), *Suncristo* (1951), além de *Luiz Gama e sua individualidade literária* (1924) e *Black* (1926), em prosa.

10. É o ano da publicação de *A Pátria*, órgão dos homens de cor, tido como a primeira presença da Imprensa Negra em São Paulo.

11. Extraído do poema "Burn, Baby, Burn After Luther King' Death", em *Banzo: Saudade negra*, de Oliveira Silveira. Na primeira edição, que é de 1970 e por nós usada, ao lado do poema em inglês vem a versão em português, com o título: "Queime, menino, queime (Após a morte de King)", com estes versos iniciais:

Menino, ponha fogo
nesse céu inútil
eles querem
Ponha fogo, menino, ponha fogo
porque quando ele disse
Voo livre
foi engaiolado [...]

ESTA OBRA FOI COMPOSTA EM MERIDIEN PELO ESTÚDIO O.L.M./ FLAVIO PERALTA
E IMPRESSA EM OFSETE PELA LIS GRÁFICA SOBRE PAPEL PÓLEN BOLD
DA SUZANO S.A. PARA A EDITORA SCHWARCZ EM JUNHO DE 2023

A marca FSC® é a garantia de que a madeira utilizada na fabricação do papel deste livro provém de florestas que foram gerenciadas de maneira ambientalmente correta, socialmente justa e economicamente viável, além de outras fontes de origem controlada.